池上日记 | CHISHANG DIARY | 蒋勋 |

长江出版传媒
长江文艺出版社

我要画池上了，
心里忽然有一种笃定：
我要画池上，画稻田，
一百七十五公顷
没有被切割的稻田。

秧苗一盒一盒养在塑胶盆的浅土中，
定时洒水，
定时打开覆盖的白棉布晒太阳，
像照顾婴儿，不可有一点闪失。

台风前夜，纵谷刮起焚风，
还好不多久就停了，
天空出现紫灰血红色火烧云，
华丽灿烂如死亡的诗句。

池上日记

Chishang Diary 目录

卷一 山影水田

卷二 日光四季

自序

人在池上

那么多渴望，
那么多梦想，
长长地流过旷野，
流过稻田上空，
流过星辰，
池上的云，
可以很高，
也可以很低，
低到贴近稻秧，
在每一片秧苗上留下一粒一粒晶莹的露水，
让睡觉饱足的秧苗在朝阳升起以前醒来。

驻村

二〇一四年的秋天我到池上驻村了。

早些年，大部分的西部居民对远在东部纵谷的池上印象模糊，常常听到的就只是“池上便当”而已。至于池上便当好在哪里，也还是说不清楚。有当地居民跟我说，池上米好，大坡池产鱼，米饭加上鱼，就是早期池上便当的丰富内容。我没有查证，这样说的居民，脸上的表情有一种长久以来对故乡物产富裕的骄傲吧。

台湾好基金会希望大家认识岛屿农村的美，开始在池上蹲点，二〇〇九年第一次秋收以后，六七年来，我从徐璐口中就常常听到池上这个名字。

如果只是名字，池上对我而言还是很遥远的吧。然而像是有一个声音在牵引呼唤，我也一次一次去了池上，一次比一次时间久，终于在二〇一四年决定驻村两年。

徐璐当时是台湾好基金会的执行长，已经计划在池上办一系列活动，像“春耕”“秋收”。她希望岛屿上的人，特别是都会里的人，可以认识池上这么美丽的农村，“春耕”“秋收”是池上土地的秩序，在后工业的时代，也会是重新省思人类文明的另一种新秩序吗？

二〇〇九年第一次“秋收”活动办完，徐璐传一张照片给我，仿佛是空拍，钢琴家在一大片翠绿的稻田中央演奏，看到照片就会从心里“哇”的一声，觉得世界上怎么会有这么美的稻田风景。那张照片后来在国际媒体上被大篇幅介绍，池上的农田之美，不只是岛屿应该认识，也是全世界重新省思土地意义的起点吧。

隔了几年，二〇一二年，我就应邀参加了“春耕”的朗读诗活动，那一年参加的作家还有诗人席慕蓉、歌手陈永龙和作家谢旺霖。

我们住在一个叫福吉园的民宿，走出去，抬头就看到近在眼前巨大壮观辽阔的中央山脉，峰峦起伏绵延，光影瞬息万变。每个人最初看到也都是“哇”“哇”叫着，平常咬文嚼字的作家，到了大山水面前，好像找不到什么言词形容，“哇”“哇”也就是欢喜和赞叹吧。但住几天之后，自然也会沉默安静下来。我们当然是初次到池上，有点大惊小怪，当地农民在田里工作，对眼前风景已是司空见惯。他们安静地在田里工作，对外地人喧哗夸张的“哇”有时点头微笑欣赏，有时仿佛没有听到，继续埋头工作。

那一次的朗读诗活动碰到大雨，在大坡池边搭的舞台，雨棚上都积满了水，背景是大坡池，以及隔着池水笼罩在雨雾中蜿蜒的海岸山脉。

▶ 二〇〇九年池上“秋收”，
钢琴家在稻田中央演奏。
（赖永松摄影）

有当地居民告诉我，大坡池是地震震出来的大水池，自然涌泉，水势丰沛，也是野生鸟类栖息的地方。我喜欢大坡池夹在东边海岸山脉和西边中央山脉之间，无论从哪一边看都有风景，东边秀丽尖峭，西边雄壮，日出时东边的光照亮中央山脉，日落时分，晚霞的光就映照着海岸山脉。池上晨昏的光变化万千，不住一段时间，不容易发现。

夏天的时候大坡池里满满都是荷花，繁华缤纷，入秋以后，荷花疏疏落落，残荷枯叶间有成群野鸭、鹭鸶飞起。到了冬末春初，大坡池几乎清空了，水光就倒映着山峦和天空。初春的清晨，大约五点钟，太阳还没有从海岸山脉升起，大雾迷蒙，我曾经看到明净空灵的大坡池，和白日的明艳不一样，和夏季的色彩缤纷也不一样。我偶然用手机留下了那一刻大坡池的宁谧神秘，传给朋友看，朋友就问：你又旅行了吗？这是哪里？

二〇一二年“春耕”朗读诗，碰上大雨滂沱。观众原来可以坐在斜坡草地上聆听，因为草地积水，结果都穿着雨衣，站在雨中听。

诗句的声音在大雨哗哗的节奏里，也变成雨声的一部分。诗句一出口就仿佛被风带走了，朗读者听着自己的诗句，又好像更多时间是听着雨声、风声。那样的朗读经验很好，也许诗句醒来就应该在风声、雨声里散去。

山水自然的声音才是永远读不完的诗句吧。

朗读的时候，我背对大坡池，看不见大坡池。后来有人告诉我，池面上一丝一丝的雨，在水面荡起涟漪，山间一缕一缕袅袅上升的烟岚，随风飘散。我真希望自己不是朗读者，是一起分心去看山、看水、看云风雨丝的听众。

那是春天的大坡池，记得是四月，池上刚刚插了秧的水田，一片一片明如镜面。细细的一行一行的秧苗，疏疏落落，水田浅水里反映着天光云影，迷蒙氤氲，像潮湿还没有干透的一张水墨画。

那是一次奇特的声音的记忆，风声，雨声，自己的声音，水渠里潺潺的流水声，海岸山脉的云跟随太平洋的风，翻山越岭，翻过山头，好像累了，突然像瀑布一样，往下倾泻流窜，汹涌澎湃，形成壮观的云瀑。

池上的云可以在一天里有各种不同的变化，云瀑只是其中一种。有时候云拉得很长，慵懒闲适，贴到山脚地面，缓缓荡漾，有人说是卑南溪的水汽充足，水汽滋润稻禾，也让这里的稻田得天独厚。

二〇一三年云门四十周年在池上秋收的稻田演出《稻禾》，下着雨，山峦间也出现云瀑，使那一天的观众看到天地间难以比拟的壮观舞台。

云的瀑布，没有水声那么轰鸣喧哗，是很难察觉的声音，是山和烟岚对话的声音，是细细的轻盈的缠绵的声音，像耳鬓厮磨，像轻轻撕着棉絮。春天，我像是在池上的土地里听到一种声音，是过了寒冬，春天开始慢慢复活苏醒，一点点骚动愉悦又很安静的声音，我想到节气里的“惊蛰”，是所有蛰伏沉寂的生命开始翻身、开始初初懵懂苏醒起来的声音吧。很安静的声音，很内在的声音，不疾不徐，牵引我们到应该去的地方。心里最深处的声音，身体最内在的声音，人声喧哗时听不到的声音。喧嚣躁动沉静下来，当大脑的思维都放弃了操控听觉，听觉回复到最初原始纯粹状态，像胎儿蛰伏在子宫里，那么专一、没有被打扰的听觉，那时，你或许就会听到自己内在最深的地方有细细的声音升起。

▼清晨的大坡池，大雾迷蒙，宁谧神秘。

声音

池上那一个春天的雨声中，我听到了自己内在的声音。

常常是因为这样的声音，我们会走向那个地方。

年轻的时候在巴黎，有时候没有目的，随兴依赖心里的声音随处乱走，在小巷弄中穿来穿去。巴黎古旧缓慢的几个河边社区，总是让我放弃大脑思维，可以漫无目的，任凭身体跟着声音走，跟着气味走。

这几年，偶然回到巴黎，走着走着，还会听到冥冥中突然兴起的声音，仿佛是自己二十几岁遗留在一个巷弄角落的声音，忘了带走，忘了四十年。

它还在那里，那声音如此清晰，像远远的一点星辰的光，在暗夜的海洋引领迷航的船舟。走着走着，感觉到那声音愈来愈近，很确定就近在面前了，我张开眼睛，看到整面墙上有人写着韩波《醉舟》的诗句。

我们内在都有诗句，藏在很深很深的地方，不是在大脑中，大脑的思维听不见内在的声音。那声音有时候像是藏在心脏中空的地方，在达芬奇说的“被温热的血流充满回荡的中空地方”。有时候，我也觉得那声音是否也许像是存放在胎儿时的肚脐中心。那个地方，出生时一不小心，会被剪掉，那很惨，就一辈子不会再听到自己的声音了。听不到那声音，有点像佛经里说的“无明”吧，像再也打不开的瞳孔，像没有耳膜可以共鸣的听觉，像《红楼梦》里贾宝玉失去了出生时衔在口中的那块玉，他就像失了魂魄，失了灵性，永远与自己身体最深处的声音无缘了。

我呆看着巴黎墙上大片工整书写的《醉舟》，想起那个十八岁就把所有诗句都写完了的诗人，在城市资产阶级和知识分子间被捧为天才，然而天才在城市里仿佛只想活成败俗的丑闻，他让整个城市震撼，他让伦理崩裂溃败，他说：要懂得向美致敬。后来他出走了，流浪漂泊在暗黑的非洲，航海，贩卖军火，在陌生的地方得病死去。

我听到一个声音说——诗人在高热的烧度里胡言呓语，望着白日的天空大叫：满天繁星，满天繁星。

他或许不是呓语，而是真的看见了满天繁星吧。诗句死亡的时刻，天空或许总是有漫天的星辰升起，每一粒星辰都是曾经热烈活过的肉体，带

着最后一点闪烁余温升向夜空。

我知道即使是在白日，星辰都在。然而池上夜晚的星空如此，让我浩叹，无言以对。

你知道吗？为了让稻谷在夜里好好休息，池上许多地区没有路灯。让稻谷休息、睡眠，像人睡足了觉，才有饱满的身体。稻谷饱满，也是因为有充足的睡眠。因此，几条我最爱在夜里散步的路，都没有照明，如果没有云遮挡，抬头时就看到漫天撒开的星斗。大概住一个月，很快就会熟悉不同季节、不同时辰星座升起或沉落的位置。秋天以后猎户星座大约是在七点以后就从东边海岸山脉升起，慢慢升高，一点一点转移靠近西边的中央山脉，很像我们在手机里寻找定位。

有人真的下载了手机软件，对着天上的某一处星群，手机面板上就显示出那些星座的名称和故事。

但是我还是有莫名的冲动，有时闭起眼睛，聆听天上星辰流转的声音，升起或沉落，都如此安静没有喧哗。

▶ 新武吕溪峡谷，溪涧里每条水流都有着不同的声音。

诗句

二〇一四年十月住进池上之后，慢慢听到更多的声音，树叶生长的声音，水渗透泥土的声音，昆虫在不同角落对话的声音，不同鸟类的啁啾，求偶或者争吵，清晨对着旭日的歌唱，或黄昏归巢时吱吱喳喳的吵嚷，声音是如此不同。我尝试听更多细微的声音，像庄子说的“天籁”，动物争吵，人的谩骂，声音都太粗暴，听久之后就无缘听到“天籁”了。“天籁”是大自然里悦爱或亲昵的声音吧，“天籁”或许也就是自己心底深处的声音，可以在像池上这样安静的地方听到“天籁”，也就找回了自己。

池上住到一个月后，就开始向四处去游荡。

从池上往西南，约一小时，就进到南横的入口。

La mer dont le sanglot faisait mon roulis doux
Montait vers moi ses fleurs d'ombre aux ventouses jaunes
Et je restais, ainsi qu'une femme à genoux...
Presque île, ballottant sur mes bords les querelles
Et les fientes d'oiseaux clabaudeurs aux yeux blonds
Et je voguais, lorsqu'à travers mes liens frêles
Des noyés descendaient dormir, à reculons!
Or moi, bateau perdu sous les cheveux des anses,
Jeté par l'ouragan dans l'éther sans oiseau
Moi dont les Monitors et les voiliers des Hanses
N'auraient pas repêché la carcasse ivre d'eau;
Libre, fumant, monté de brumes violettes,
Moi qui trouais le ciel rougeoyant comme un mur,
Qui porte, confiture exquise aux bons poètes,
Des lichens de soleil et des morves d'azur,
Qui courais, taché de lunules électriques,
Planche folle, escorté des hippocampes noirs,
Quand les juillets faisaient crouler à coups de triques
Les cieux ultramarins aux ardents entonnoirs;

▶ 巴黎，墙上写着韩波《醉舟》的诗句。

南横的车道因为风灾中断了，但还可以走到利稻。如果步行，沿着新武吕溪的溪涧峡谷，可以走到这条溪汇入卑南溪的交汇处。我躺在巨大岩石上，听着新武吕溪的声音，仿佛溪涧里每一条水流都在寻找卑南溪的入口，两条溪涧的水声不同，碰到不同的礁石，有不同的声音，碰到岩壁转弯的时候，也有声音。我仔细聆听，声音里有寻找，有盼望，有眷恋，有舍得，也有舍不得，有那么多点点滴滴的心事。

我走到溪畔山坡上的雾鹿部落，看小学生在校园升旗，大片的番茄田不知为何落满一地番茄，任其腐烂。记得山坡上的昙花吗？在月光下同时开放了数百朵，我仿佛也听到昙花一一绽放时欢欣又有一点凄楚的声音。

回到池上，走过育苗中心，看到一条一条长约一百公尺的白布，铺在地上，有人细心浇水。我好奇翻开湿润的白布一角偷窥，蜷伏在白棉布下，一粒一粒的稻谷，刚冒出针尖般白白的嫩芽，像许多胎儿，我听着它们初初透出呼吸的声音，吱吱喳喳，也像在欢欣对话。

在长河和大山之间，听着千百种自然间的“天籁”，好像也就慢慢找回了自己身体里很深很深的声音的记忆。像斯特拉文斯基《春之祭礼》中那一声仿佛从记忆深处悠长升起的呼唤，像亘古以来原野中的声音，那么多渴望，那么多梦想，长长地流过旷野，流过稻田上空，流过星辰，像池上的云，可以很高，也可以很低，低到贴近稻秧，在每一片秧苗上留下一粒一粒晶莹的露水，让睡觉饱足的秧苗在朝阳升起以前醒来。

云可以如此无事，没有目的来，没有目的又走了。

初春的某一天，我听到一株苦楝树将要吐芽的声音，声音里带一点点粉紫，才刚立春，纵谷还很冷，但是那一株苦楝树仿佛忍不住要赶快醒来。

入睡以前和苏醒时分，我总是躺在床上，闭着眼睛，聆听许多种声音。最安静的是云缓慢流走的声音，清晨或暗夜里，无踪无影的云，优雅地飘浮、流荡，不疾不徐，在空中留下它们有时银白、有时淡淡银灰的声音。

清晨五点前后，夜晚七八点之后，没有日光，没有灯光照明，有时有月光和星光，月光和星光都是安静的，不会打搅扰乱心里面的声音。

我听着云流动的声音，比水要轻盈，云岚移动，很慢，若有若无，若断若续。我在笔记里写下一些句子，想告诉你那心底声音的记忆：

听自己的声音
听风的声音
听秧苗说话的声音
听水圳潺潺流去
听山上的云跟溪谷告别的声音

我们都要离去
虽然不知道要去哪里

所以，你还想再拥抱一次吗？
我因此记得你的体温
记得你似笑非笑
记得你啼笑皆非的表情

告别自然很难
比没有目的的流浪还难
我为什么会走到这里？
在秋收的田野上
看稻梗烧起野烟
火焰带着烧焦的气味腾空飞起

干涸的土地
等待下一个雨季
可以听风听雨
听秧苗醒来跟春天说话

我要走了
你只是我路过的村落
让我再拥抱一次
记得你似笑非笑的表情

▶ 初春时，纵谷还很冷，但苦楝树已经忍不住要赶快醒来。

宿舍

从十月到隔年二月初，大约是从寒露、霜降，经过一个冬天，到次年的立春。我逐渐习惯了纵谷的方向，从池上往南，到关山，鹿野，有时去鸾山部落，看神奇的大榕树，盘根错节。这个差点被唯利是图的开发商毁掉的部落，有一个叫阿里曼的原住民，努力保护住这片山林。我跟支持他的游客进山，遵照他的嘱咐，带了小米酒和槟榔，先随他祭拜祖灵，离开的时候也遵照他嘱咐种下一棵树。岛屿可以天长地久，是因为恶劣的商业撼动不了鸾山部落的阿里曼，那里古老巨大的榕树都没有被砍伐，让部落的孩子有一代一代可以传说下去的故事。

立春前后，鸾山部落有开成漫漫花海的梅林，馥郁芬芳，我的嗅觉记忆也在身体里蠢蠢欲动了。“蠢”这个汉字，是在提醒思维的停止吗？像许多虫在春天醒来，兴奋愉悦，“蠢”被聪明的人嘲笑鄙夷，然而“蠢”在池上的土地里，是许多沉默着努力在春天要苏醒的生命。

蠢蠢欲动，春天要来了，走在池上，我的身体里升起用鼻腔嗅觉在母亲胸前索乳时那么真实的气味的记忆，那些花，那些新芽，各种不同的气味，也像我婴儿时一样，用嗅觉牵引昆虫前来，为她们的繁殖成长完成授粉。

纵谷很长，我的第一个冬天，仿佛冰冻在岛屿的走廊里，听了一个季节的风声。

火车穿行在纵谷，从凤林一路南下，瑞穗、玉里、富里，还有一些不停的小站，像东竹。纵谷是一条长长的廊道，东北季风的时节，这也是风的廊道。池上在纵谷长廊南端，冬天当然风大，很冷，有一个夜晚，纵谷的风呼号啸叫，我住的是旧宿舍改建的老屋，木窗的隙缝钻着一绺一绺的风，我测了温度，是摄氏五点四度。想起来农民跟我说，日夜温差大，稻谷适应冷热收缩，谷粒也才健康结实。

土地里劳动的人，有他们许多对自然独特的解释。我也开始学习，试图用身体记忆这条纵谷中冷与热的温差。

白日中午，烈日当空，炙烫炎烈，皮肤被炙烤，仿佛绑在烤架上火烧的记忆。寒冬夜晚，东北季风一路自北追杀而来，如入无人之境，风通过纵谷长廊，把所有的温度带走，这里的生命，必须要在冬季耐住这样冰寒的风，这样冷冽无情的啸吼。风，像锐利的刀刃，在皮肤上割出一道一道血痕，血痕凝结成冰，连痛也很冷静，冷冽如此使生命肃静。

纵谷的居民说，稻谷耐热耐冷，人也一样。

我听着山脉岩石地底深处岩浆流动的声音，冷冽如此沸腾，心绪万端，便起身在棉被中端坐诵经。

画布

台湾好基金会提供我的住处和工作室，是大埔村整修后的一户学校教员老宿舍。当时基金会执行长徐璐带我看了几处可能用到的建筑，有的是竹林环绕优雅远离尘寰的农家三合院，有的是独立在田中央，竹篾覆土与谷糠的老屋，旁边有废弃猪舍，窗户看出去全是稻田，一片青翠。

到了大埔村，是比较一般的社区民居，没有设计上的特色，平实朴素。一带红砖墙，黑瓦斜屋顶平房，前后都有院落，红色大门，进了大门，门窗漆成草绿色。我忽然停住，觉得有什么很熟的记忆回来了，这是我童年的家啊。

进了房间，一个长方形的厅堂，圆形木桌，几张高脚圆凳子，一切都如此熟悉，我回忆起童年的家，一一对照着，好像一转身，知道墙脚还放着拖鞋。我童年的家是粮食局当时分配给父亲在大龙峒的宿舍，也是这个样子。或许，二十世纪五十年代，战争刚过去，岛屿兴建了许多这样形式的公务员宿舍吧。长方形厅堂的右侧，是两个隔间的卧房，那个年代孩子都很多，卧房就都加设通铺，我踏上通铺，回忆起自己一直住到二十五岁，好像都睡在这样的通铺上。一间的通铺上睡三个男生，另一间通铺就睡三个女生。那是我一直到留学以前的家的记忆，隔间，门窗，油漆的颜色，红砖墙，通铺，圆桌，防蚊虫的纱门，都一模一样。我走进了童年的家，走进了青少年时莫名的忧伤，走进初读大学时徨徨然不知道如何是好的焦虑惊慌，我的时间记忆忽然恍惚了起来。

我说："就是这里——"

徐璐有点讶异，她或许觉得此处简陋，为什么会选择这里。然而，我很确定就是这里了，是记忆牵引我回来，再一次走进自己成长的空间，记忆里那张通铺，经常和兄弟用被窝枕头混战，夹杂着肥皂、痱子粉、球鞋的橡胶和脚臭气味。

我回到厅堂，抬头看，有一座神案，置放在很高的位置。是三十年前吧，还是四十年前，最后离开这宿舍的人家留在墙上这座神案，有一幅坐在竹林里的观音玻璃画，有供桌，还有卜卦用的红木弯月形两枚神筊。

这废弃多年的宿舍，竟然还有神案留着。我向上拜了一拜，这是我熟悉的空间，有人生活过，有人在此上香，敬拜天地神佛，卜告天地，慎重每一件事的吉凶祸福。我住进来，不觉得陌生，仿佛原来就是我的家，离开后，又回来了。

住进来之后，每天我也就继续燃香上供，案上总有各类新鲜花果，朋友从嘉义寄来的笔柿，鲜红盈润，隔壁邻居赖先生送的芭乐，或是玉里的木瓜、百香果，有时是关山天后宫庙口阿嬷自己家里采来卖的野姜花，我都一一先供在神案上，希望无论迁离到哪里，这屋子原来的主人也都有神佛庇佑，一切平安。

厅堂后方连接着很简单的厨房，可以烫野生的菜。池上新收的稻米，浸泡一夜，开大火煮沸，立刻关火焖，清晨就有一屋子米粥的香气。那碗粥，带着季节所有的芬芳，日光、雨露、土地、云和风，都在粥里，那碗粥，让生活美好而又富足。

很小的卫浴间，窗户可以眺望一个庭院，隔着庭院，另外一栋建筑就是我的画室，我已经联络了池上书局的简博襄先生，他是公东高工毕业，很快为我动手设计完成了可以工作的空间，两片两公尺乘三公尺的夹板，可以直接用钉枪钉上画布。颜料、炭笔、粉彩、亚麻仁油、松节油，我的学生阿连都准备好了。

我要画池上了，好像心里忽然有一种笃定：我要画池上，画稻田，一百七十五公顷没有被切割的稻田，还没有被恶质商业破坏的稻田，一望无际，一直伸展到中央山脉大山脚下的稻田，插秧时疏疏落落的稻田，收割翻土后野悍扎实的稻田。我的画布是空白的画布，我坐着看了很久，记忆不起来刚刚看过的十月即将秋收前池上稻田的颜色。

稻田究竟是什么颜色？

声音带我到了池上，气味带我到了池上，春夏秋冬，晨昏和正午的冷暖痛痒，都在身体里带我一点一点在这里落土生根了。

▼记忆牵引着我回来，再一次走进自己成长的空间。

池上日记

卷一

山影水田

池上日记

相伴

天地不仁，
天地也无私，
油菜花的季节过了，
水圳开闸放水。
田土里潺潺水声，
水光映着天上云影徘徊，
那时没有几个人会发现土里还有一点辗碎的油菜花瓣。
四时这样轮替，
万物并育，
不会为任何生命惊叫流连。

祯宏

二〇一四年十一月下旬，魏祯宏来池上。祯宏是东海美术系第三届学生，毕业后，在巴黎读书创作，前后有二十年了。走创作的路，开始一定经历了一些生活上的艰难吧。但他总是很开心，仍然每天用便宜的价钱料理好吃的菜，喝好喝又不昂贵的红酒，也总不会错过巴黎重要的画展、电影、舞蹈和戏剧表演。

读美术系，最后能持续画画的学生不多，一届三十个学生，我算一算，能持续不放弃创作的，常常不会超过五个。

我会觉得对美术教育失望吗？好像也没有。

我相信创作本来是不能教的。祯宏画画，我也画画，有时候不觉得我们是师生。我们一起看电影，谈王家卫《阿飞正传》里的潘迪华，一起读小说，他把马尔克斯《百年孤独》里的蝴蝶用在一张版画的女人头上，我就想起他大一时我们谈拉丁美洲魔幻写实的课。

我在系主任行政岗位厌烦的最后几年，打电话给祯宏，跟他说："想回巴黎，躺在河边发呆，想画画——"他毫不犹豫回答说："来啊！我安排。"

我因此持续几年的暑假都去巴黎，在他女友紧靠圣米歇尔广场的老马房画室画画。画室对面有便宜又好吃的窑烤比萨，画累了，走五分钟就到圣母院，听教堂管风琴，或看塞纳河流水殇殇。

他从巴黎艺术学院研究所毕业，我问他："要回美术系教书吗？"他也很笃定说："我不会教书，我只会画画。"

"只会画画"，让他生活上一开始辛苦好些年，打各种零工，但一直让他精神上比许多人富足吧。

有时候我觉得他在创作上比我更执着，走在创作的路上，他更无旁骛、更纯粹、更专注。

即使在生活困窘拮据的时候，他一直没有放弃一定要有画室，每天坚持到画室工作。

他不太等待灵感，创作对他或许更像手工日复一日的劳动。他每天固定到画室，面对空白的画布，持续工作，不那么计较结果好或不好，好像画画本身已经是莫大的快乐。

祯宏对各项手艺都有兴趣，他学中世纪"圣像画"（ICON），他学做古典马赛克镶嵌，他制作中世纪教堂的彩绘玻璃，在形形色色流行的"现代艺术”场域，他也有好奇，但似乎还是愿意安静回来坐在空白画布前，好像那空白里有他可以满足的广阔世界。

我在池上驻村，他恰好回台北开画展。熬过二十年，开始有喜欢他作品的一群人，生活刚开始稳定。知道他画展准备好，作品有固定客户收藏，便问他：“要不要到池上走走？”

“好像还是很小的时候去过台东。”他说。

我便邀他到池上，在池上初中用课余时间示范一堂木刻版画。

木刻版画是他长久喜欢的，可能因为材料简单，表现技法可以很纯朴。

▶ 魏祯宏池上版画教学。（简博襄摄影）

也可能因为木刻有文学的趣味，喜爱文学的他，每年也常自己制作木刻版画的卡片，在新年时寄给朋友。

东海美术系在二十年前有去澎湖离岛做木刻版画教学的惯例。离岛没有美术老师，美术课由数学或英语老师兼任，奇怪的制度，学生当然学不到什么，老师也苦不堪言。

学生暑假本来就常旅游写生，顺便带一堂教学课，也是有趣经验，没有人计较酬劳。我们每年暑假就邀集二十名学生到了望安、将军屿、吉贝去教学。那些年认识澎湖的小学生，当时十岁左右，现在已是壮年，还会记得昔日那些好玩的课程吗？学生认识了小朋友，短暂相处，告别时，带去的木刻用具材料也就多留在离岛，也或许会启发一个爱美术的孩子，开始用刀镌刻出心里的向往吧。

祯宏或许也还有记忆，记得青年时在那些荒悍岛屿游走时的种种吧……酷热炎烈的夏日阳光、干涸如死的土地、崚嶒岩礁石块砌建的废弃房舍、耐旱的仙人掌植物、高飞入云又突然坠落的求偶的云雀……

祯宏记忆里的离岛，有时也会像他在大都会里遇到的人，有着一样荒凉寂寞如废墟的身体吗？

十一月二十七日，祯宏在池上初中做了一天的木刻版画教学，校长游数珠也参加了，还有几位年轻老师、几位学生家长、秋菊皂坊的主人、池上书局的菊苹和博襄都参加了。在池上，如果愿意学习，没有那么绝对的师生界限。校长跟我说：

“池上初中是全台湾最大的初中——”

“多大？”我问。

她指着中央山脉说：“一直到山边。”

这是一个没有围墙，没有边界的学校。很广阔，也很自信。

学生在无边的天地奔跑、翻滚、追逐、踢球，发展出宽阔健康的心胸。

视野二字很抽象，我相信看得很远是视野的基础。

胸怀二字也很抽象，我也相信，广阔的天地培育出不一样的胸怀。

池上初中的孩子不拘束，不拘谨，开朗而成熟。像没有一直被修剪束缚的树，枝叶都可以自然生长，葳蕤茂盛，比都会的大学生更像有胆识担当。

一个学生告诉我："上课时有蛇从屋顶掉下来。"

"真的？"我有点吓到。

学生点点头，好像理所当然。

"蛇追蝙蝠，掉下来。"他安静回答，并且告诉我，"因为农田不用农药，蛇就复育了。"

我很喜欢这些健康有自信的孩子，他们不忸怩畏缩，跟人的对谈平实大方。

做版画的过程中，学生从纸上的描绘开始，再把图复制在代替木板的橡胶板上，然后下刀镌刻，最后上油墨，用马连拓印。每个人的作品印好展示在教室墙上，都有很满足的成就感。

我走到校门口，看到两边有刻在大理石上的对联，是池上初中退休老师萧春生的书法。上联是"风物从兹欣所遇"，下联是"江山待此启人文"。

我看着走过意气风发的青年，不确定对联内容里深刻的期许，他们是否能懂。但是他们眼前真的有耸峙的大山，中央山脉绵延不断；他们眼前也有卑南溪，穿山越岭从溪谷蜿蜒而来，汇聚成浩浩荡荡的大河。江山如此，自然有可期待的人文风物。

对联

池上有很强的书法传统，一部分可能来自客家闽南移民强调耕读的农村文化基因。我在叶云忠家就看到下田以后的叶太太勤写书法，顶楼上悬吊着一幅一幅全开的大字书法，我笑着说：“来这么多次，不知道你的阁楼卧虎藏龙。”

不多久，东海美术系第一届毕业的鲁汉平也来池上，他专攻书法，在彰师大授课，跟我说他曾经就读池上福原小学，他的母亲在此任教，也启发了他此后持续不断对书法的兴趣。

我在池上四处闲逛散步，因此很容易注意到汉字的书写。除了客家闽南源远流长的耕读传统，或许还有更晚一点外省“荣民”带进来的书风。有一处旧眷村昔日入口的碑坊题字，上面写的是“新兴区十六庄”，下面的纪年是 “一九七〇年秋季”，字体宽阔平正，没有文人字的作态，但很工整大方，想象得到当年解甲归田的许多“荣民”，落脚池上，背井离乡，欲初初在战乱流离中喘了一口气。他们新来乍到，在这里建起家园，书法里也有一个时代精神上恢宏创业的气度吧。

有一天在福吉园附近散步，看到记忆深刻的一副对联，上联是：

东邻起衅，从戎背井卫国土

我看到上联这个句子，仿佛忽然看到一个不复被记忆的时代、一个烽火战乱的岁月、一群逃亡的青年学生，被东边邻国挑衅，被迫离开家乡，放弃了学业，参加抗日的队伍，相信自己年轻的生命可以护卫国土。

下联很有趣，是到了池上之后的写实描写：

欣蒙辅导，解甲归田建家园

看起来有一点歌功颂德，但是在二十世纪六十年代，大约有很多这样经历过战乱的军人，从行伍中退下来，参与到东部的开发事业吧。脱去了军服，开垦务农。一晃眼就是半个世纪，昔日投笔从戎的青年，如果还幸存，大概都是九十上下的老人了。我在池上看到一两位这样的身影，便想到仍然留在“东欣二村”门坊上的这一副对联，用“东”“欣”二字起头，说了池上许多战争移民一生的故事。

池上这几年的外来移民持续不断，东南亚的外籍新娘不少，很快成为许多小学、初中孩子的母亲。他们都参与到这块土地中，成为江山里被包容照顾的新住民，带来新的文化、新的语言、新的信仰，风物从兹欣所遇，这一片美丽的江山原是让四处来的生命都在此欢欣相遇吧。

岛屿的故事很多，小小的池上，原住民、客家、闽南、“荣民”、新移民——各自有各自的故事。如果愿意坐下来，静静聆听他人的故事，才是尊敬与包容他人存在的开始吧。

有人告诉我一位越南新住民当了池上学校家长会会长，有人意外，但她是学生的母亲，当然就是池上的“家长”。

▶ 客家闽南移民的农村文化基因，
从池上的书法传统可见一斑。

油菜花

我喜欢纵谷的冬天。

田地收割了，犷悍的土地上留着粗粗硬硬的稻梗。稻梗烧起熊熊野烟，田里流走着墨黑焦苦的横直的线，是一般观光客不容易看到的风景。

有时候太执着于精致的文明，会错过真正生活里大气有生命力的创作。令人震动的古埃及金字塔是帝王陵墓，中国的长城是为战争修建的防卫性建筑，未必是在精致艺术动机下创作出来的作品，却也是所有精致性建筑艺术难以匹敌的伟大文明标志。

我十分怀念池上旧农村时代留下的一些产业的遗址，像万安山坡上一处旧的砖窑厂，建于一九五四年。农业时代，家家户户都需要砖，烧砖是重要产业。后来新兴钢筋水泥成为建筑材料，万安山坡黏土也开发殆尽，原来兴盛的砖窑厂近几年也就废弃不用了。一个接一个圆形的土窑，大约有十几个之多，连成一线，蜿蜒如蛇，这是民间俗称所谓的“蛇窑”吗？池上书局提供我的资料是“登窑”，也称“目仔窑”或“坎仔窑”，有十九个窑，五个点火口，长达五十六公尺。第一目的窑洞高一点九公尺，二〇〇三年地震，震毁好些窑目，但目前大致还可以看出当年原貌，全盛时代，这个窑厂烧砖供应纵谷左近许多建筑用砖，曾经是如何繁忙的产业。

这样的古窑形式，小时候，看到很多，产业一旦改变，很快就消逝了。如果位于都会附近，地价昂贵，更是快速被铲除，留不下一点旧产业的记忆。没有记忆，没有历史，对一块土地的认同是非常浅薄的，即使一时喧嚣热情，难以沉淀累积，很快就烟消云散。池上位处纵谷南端，从北部都会或南部都会到池上，都不是一蹴可及，传统产业的许多生活记忆都还算完整，市街上以前为农家打造农具的铁铺，万安村的砖窑厂，旧的谷仓将改建为美术馆，保留着谷仓在半世纪里的产业记忆。旧的养蚕场，在产业转型的时刻，可以转变成什么新的能量？也许是所有农村小镇可以一起思考的功课，其实也就是所谓文创吧，让传统木材、土砖、金属、纺织的产业转型，材料、手工技术都要传承，作品有全新的现代性，产业才能永续。

砖窑厂位于海岸山脉的丘陵上，可以眺望池上纵谷平原，视野很好，窑厂附近有巨大的苦楝树，冬季落尽树叶，长枝条上挂着一串一串苦楝子，看起来像青黄色圆圆的橄榄。

▶ 万安山坡上的旧窑厂，曾经繁华一时。

窑厂除了烧砖的窑洞，还有昔日压砖用的铁制模具，遗弃在草丛间，已经锈蚀。这些钢铁模具，焊接起来可能都可以是好看的金属雕刻。如同多力米摆置的旧碾米器具，不但是产业记忆，也同时是有很美的造型结构的现代装置。

冬季的风吹起，野烟飘散，稻秆用机器打碎，翻在田土里做肥料。接着就开始撒油麻菜籽。大概在十二月中前后，油菜就整片长起来，原来油绿绿的菜叶，下一场雨，就开始摇荡起明黄娇嫩的油菜花来了。

油菜花在江南很多，时间晚一点，大概二三月初春，一直到清明前后，都是江南的好风景。我也在尼泊尔高山上看到油菜花，种在高高低低的梯田里，又是另一种景致。

油菜花开成一片的时候，白色的小蛱蝶飞舞其间，看到的人都觉得愉悦，仿佛是春天最早的宣告。

大自然里，植物为了授粉，大多发展出强烈的颜色。吸引复眼的昆虫，让蝴蝶、蜜蜂容易找到目标，完成花粉传播，完成交配繁殖。花的色彩其实隐藏着生存的竞争力。

红色是高彩度，容易被发现。植物里多红艳的花，是令人觉得富足圆满的色彩。华人民间多爱红色，红色是喜庆的颜色，过年过节也都一片红。新年时，我到关山天后宫拜拜，光绪年间的庙宇，形式很古典，没有太多改建的破坏。庙埕也很完整，是台湾少部分寺庙前广场没有被破坏的。这也要感谢交通不方便之赐，没有炒地皮的价值，才让一所有历史的庙宇保存了原貌吧。

我很喜欢关山天后宫的石雕壁塑，形式拙朴，连色彩也都有民间的喜气。

民间用色彩自有一套观念，天后宫一到过年，庙宇前厅挂满一式大红灯笼，红通通，让人从心里暖起来。这是设计师做不出来的设计，艺术家大多也不敢如此大胆，但是真好看。喜庆的圆满，年节岁月的祈愿祝福，都在这一片单纯红色中，让人觉得有福，可以低头合十，在神明前说心里的愿望。

从关山天后宫欢乐的红色走出来，一路就看到田野里大片大片的明亮喜悦的油菜花的黄。

黄色是高明度，也是容易被发现的颜色。许多菜花是黄色的，像各种瓜类的花，没有红花那么艳，但是明亮喜悦，也一样蜂蝶环绕。

民间取用红色代表喜庆祝福，古代皇室就选择了明黄，他们其实是很知道大自然里色彩所代表的生命强度吧。

新开的油菜花好看，吃起来也香甜清新，仿佛把春天含在口里，舍不得咬，水嫩芳甘，什么作料都不加，配清粥，像小小村落无事悠闲的平常岁月。

油菜花开到极盛，明亮得让人眼睛都亮了，走在田里，喜悦开心，不知如何是好。盛大欢乐的黄，让人愉快，也通常招来很多游客，蹲在稻田里，争着跟花拍照。

油菜花开到极盛，通常附近的育苗场已经培育好秧苗。秧苗一盒一盒养在塑胶盆的浅土中，定时洒水，定时打开覆盖的白棉布晒太阳，像照顾婴儿，不可有一点闪失。

▼关山天后宫前厅挂满大红灯笼。

▼石雕壁塑朴拙却充满喜气。

秧苗准备好之后，插秧之前，推土机轰轰开动，整片灿烂金黄的油菜田就在车链下应声倒下，辗烂在土里。

第一次看到油菜花如此被“荼毒”，许多人大多都会惊叫，心中抱怨：推土机怎么这样蛮横霸道，这样蹂躏美丽的花海。

农民哈哈笑着，油菜花本来是要做肥料的，季节一到，都要刈除，混压入土中。农民都知道，但看到快哭出来的外地观光客，他们也仿佛有私下促狭捉弄一下游客的快乐。

天地不仁，天地也无私，油菜花的季节过了，水圳开闸放水。田土里潺潺水声，水光映着天上云影徘徊，那时没有几个人会发现土里还有一点辗碎的油菜花瓣。

四时这样轮替，万物并育，天地真的无私，天地也不仁，不会为任何生命惊叫流连，我走在池上田垄间，知道不应该有多余的眷恋牵挂。

初初插秧的季节，空中常有细雨。立春以后，耕耘机在水田里来来往往，间隔疏疏密密，田里立起一道一道美丽细嫩的稻秧，青翠明亮，像婴儿的小手小脚。刚插秧的水田是亚洲稻作地区非常美丽的风景，欧美以种植大麦、小麦为主的地区，多是旱田，少了水，少了绿色，也少了东部亚洲特有的温柔秀丽。

水田之美，泰国、日本，以及中国的台湾和江南都可以看到。但是水田之美，我深深以为，台湾是可以考第一名的。台湾多两期稻作，有些地方到三期，水田的风景因此是许多人成长的记忆。以前城市近郊，许多梯田风景慢慢消逝了，嘉南平原的农地也有辍耕现象，产业跟美的记忆，当然面临转型。时代轰轰向前驶去，我们或许留不住什么，我走到池上，游走在瑞穗、富里、关山、鹿野，仿佛想印证自己曾经有过的美丽岁月，童年、青少年，那些可能物质经济不富裕的年代，却看过最富丽的水田风景。

如同今日的池上，如同今日纵谷还有许多同样美丽的角落，听到一个妈妈拿着两个新摘的丝瓜，像是抱怨又像是欢喜向左邻右舍询问："一早起门口摆两个丝瓜，谁送的啊？"没有人回答，大家笑着，仿佛觉得这妈妈的烦恼也是多事。

我的画室有新铺的水泥前院，隔壁妈妈就把新切成条的菜脯、花生、芥菜一排排摆开晒，有一点抱歉地说："这里晒，干净。"

我因此也常吃到他们腌的梅子、晒的笋干、菜脯。有一天得到叶云忠家的鸡汤，味美甘甜得不可思议，我问加了什么，他们说："只有腌了十四年的橄榄——"

池上家家户户都像藏着宝，十四年的橄榄、十八年的菜脯，市场上买不到，不是价格昂贵，而是时间如此珍重。在一切快速的时代，我们失去所有对物质的等待，我们没有耐性等待，会知道什么是爱吗？

有比时间岁月更昂贵的东西吗？

十四年，我们还有耐性把橄榄放在瓮中，等待十四年吗？我们还有耐性让菜脯放十八年吗？不发霉、不变酸，十八年，是如何细心照拂才能有这样的滋味？

面对池上许多菜脯、橄榄，小小的物件，但我总是习惯合十敬拜，因为珍惜岁月如金，知道这里面有多少今日市场买不到的东西。

走过刚插秧的水田，田里浅水反映出远远近近的山峦，反映出天空的蓝，反映出来来去去的白云，水圳哗哗，像唱着快乐的儿歌。

▶ 池上的每个美丽角落，都让人珍惜岁月如金。

欢喜赞叹

震旦博物馆北齐佛像

一个身体，
通过一切的宠辱，
通过喜怒哀乐，
通过一切的爱恨生死，
最后仿佛不断问自己：
还可以少掉什么？
拿着雕刀的工匠，
面对一块石头，
浮现出他记忆里的面容。

雕刻

雕刻的艺术，很早就与人类信仰结合在一起。

原始初民，面对一块石头，翻来覆去，观察石头的造型，感觉石头的重量、体积，感觉石头质地的紧或松、光滑或粗糙，开始有了最初始的关于石头的思考。

文明史上说的“石器时代”，可以追溯到一百万年前了。

漫长的一百万年，人类的手开始感觉一块石头，开始利用一块石头，开始切割一块石头。

民间口语说的“切”“磋”，大概都是初民长时间使用石块制作工具的经验吧。《论语》中发展成“切”“磋”“琢”“磨”，最初用

“敲”“打”，用“碰”“砸”的重力方法的技术，似乎逐渐发展成更缓慢细致的“琢”“磨”——雕琢、磨细。

我们自然史博物馆常常看到的旧石器时代的手斧，上面留着粗砺的敲击痕迹，没有磨平，没有更精细的抛光。要经过一百万年漫长的经验，人类的手在石块上的记忆才缓慢了下来。用水混合着细沙，在石块表面慢慢地磨，使粗砺的石块表面愈来愈光滑莹润，石头变成了“玉”。

“美石为玉”，古书里的句子，很清楚地说明了一个民族文化从旧石器进步到新石器的过程。

汉民族的石器记忆似乎特别长久，也在文明初始的阶段留下各式各样不同的玉器雕刻造型。

博物馆里的玉圭、玉璧、玉琮、玉璜、玉环、玉璋，在精致完美的艺术造型背后透露着一个漫长文明经验的“石器”记忆。它们似乎是各种工具器物的变形，从实用的生活工具，转变成了精致美丽的历史纪念，在典礼仪式中使用，用来礼拜天地祖先，用来感谢漫长岁月里陪伴度过的生活的艰难或温暖。

在一块石头里寻找记忆里的图像，把脑海记忆中忘不掉的形象用金属或石块显现出来，叫作“铭”“刻”。

两万年前维伦多尔夫的裸体母亲形象，是雕刻最早的人体记忆。十公分左右高的石块，拿在一个初民手中。他凝视石块，浮出一个女性的身体——巨大的乳房，很宽阔的骨盆，壮大有力的臀部、大腿，丰满的下阴部。这是他记忆中难以忘怀的母亲的形象吧。他从这样的身体中孕育诞生，曾经被怀抱在这样宽厚的胸膛上，吸吮饱满的乳汁。受惊吓攻击时，可以勇敢保护他的身体，巨大宽厚，让一个成长的孩子一生不能忘记。

那形象深深留在脑海中，不断重复，最后会使这个形象被复制雕琢在一块石头上，我们叫作“雕刻”。在没有金属的远古，在没有工具的洪荒岁月，用自己的手，用一块硬石，慢慢敲打，切、磋、琢、磨，把心里念念不忘的造型铭刻在一块石头上。

在维也纳的自然史博物馆，我总凝视着这件作品，想象两万年前人类的手，人类手中的石块，以及心里念念不忘的记忆。

没有动机，其实是没有艺术可言的，艺术的动机或许常常是心里念念不忘的记忆吧。

▶ 维伦多尔夫两万年前的地母雕刻。

第七车厢

使我想起心里最深的记忆的，有时候不是美术馆的作品，而是现实生活里的一个画面。如同最近在高铁第七节车厢遇到的妇人。

刚开始可以买敬老票，因此就被排到高铁的第七节车厢。

以前没有机会认识第七节车厢的乘客，这一节车厢特别留给老人、身障者、盲人，有时也有孕妇，也有空间较大的座位，留给使用轮椅的乘客。

因为自己是第七节车厢里行动比较自如的乘客，心里有很多感谢，也有机会观察到许多自己不太熟悉的艰难的身体。

这一节车厢里的身体，变成我二〇一四年重要的功课。我观察这一节车厢的设计，比较宽的走道，方便轮椅或持助行器的乘客通过，经过特别训练的服务人员，不时逡巡，看有没有需要帮助的乘客。

坐在这一节车厢中，看到周遭艰难的身体，对自己身体行动的自如，也有稍许的不安吧。

我为什么可以坐在这一节车厢，受到特殊的照顾？我是要来做以前忽略、没有注意到、没有做好的功课吗？

母亲

一月七日，从高雄坐高铁到台北，因为是直达台中才停靠的快车，上了车就按斜椅背，准备休息看书。

车快要启动前，忽然听到喧哗吵闹的声音，从七号车厢的后端入口传来。许多乘客都被不寻常的骚动声音惊扰，回头张望。

我坐在最后一排，声音就近在身边，但是看不到人。是粗哑近于嘶吼的声音，仿佛有人趴在车门边，一声一声叫着："你带我去哪里呀——你带我去哪里呀——"

然后，七车的服务小姐神色仓皇地出现了，引导着两位纠缠拉扯的乘客入座。

车子缓缓开动了，这两位乘客终于坐定，就在我座位斜前方。

其中一位五十上下的妇人，很胖的身躯，有点变形的脸，不断继续嘶吼咆哮着：“你要带我去哪里呀——我不要去——”她像撒赖的孩子，双脚用力跺着车厢地板，用手猛力拍打前座的椅背，吼叫“我不要去——”

许多乘客都露出惊惶的眼神，前座的乘客悄悄移动到其他较远处的空位上。

在第七节车厢遇到过衰老的人、肢体残障的人、失明的人、坐在轮椅上的人，手脚抖动的帕金森症患者，但是第一次遇到“智障”的乘客。

我没有想过，身体有这么多艰难，“智障”，当然也是一种生命的艰难吧。

我在斜后方，看着这智障的妇人，肥胖有点失了轮廓的躯体，浓黑的眉毛，很宽而扁平的颧骨，张着口，粗重的喘息，不断四下张望的仿佛被惊吓到的眼神。

这样不安、这样躁动、这样仓皇，这样惧怖惊恐，仿佛被围猎的野兽，无处可逃。她双脚跺着地板，哭号着：“你要带我去哪里——”

我或许也被吓到了吧，焦点一直凝视着这智障的妇人，她忽然回过头，跟旁边一直安抚着她的另一个妇人说：“我要吃——”

另一个妇人大约七十岁到八十岁之间，很苍老，一脸皱纹，黧黑瘦削，但是身体看来硬朗坚强。她即刻从一个提袋里拿出一包鳕鱼香丝，递给智障的妇人说：“吃啊，乖喔——”

智障妇人迫不及待，一把扯开包装的玻璃纸袋。一条一条像纸屑一样的鱼丝飞散开来，撒落四处。老妇人赶快趴下去，一一拾捡，放进智障妇人的手中。

有一些飞散在我身上，我捡起来，交给老妇人，她回头说：“谢谢。”

我笑一笑，问她：“女儿吗？”

她点点头。

她的女儿把鳕鱼香丝塞进口里，大口咀嚼，鱼屑一片一片从口角掉落，母亲为她擦拭着。

女儿好像安静了下来，但不时会突然惊惶地问：“你要带我去哪里？”

母亲很耐心地说：“出去走走啊，闷在家里怎好？我们在大陆旅行不是也坐火车吗？”

一个近八十岁的母亲，照顾一个智障、近五十岁的女儿，那是多么漫长的一段岁月啊。

一个母亲，也曾经怨悔过吗？忿恨过吗？厌烦过吗？觉得羞辱过吗？想要逃避过吗？

我在斜后方，做着我应该做的功课。知道自己没有能力做得比这一位母亲好。

母亲安抚了躁动惊惶的女儿，女儿仿佛沉睡了，母亲为她盖上外套。趁女儿睡着，她从提袋里拿出像是女性刷睫毛的小圆筒，抽出沾黑膏的小刷子，为女儿刷染头上花白的头发。车窗外夕阳的光，映照着挑起的一丝一丝的发丝，发丝从白变成黑。

我知道自己有很多生命的功课要做，比艺术更重要的功课，比美更重要的功课。

北齐佛像

我的手机里有几个月前在上海震旦美术馆拍的一张北齐佛像，我找出来设定成手机页面。

北齐，公元五五〇到五七七年，一个只有二十八年历史的朝代，充满斗争屠杀，政权过了之后，那一时期工匠们雕刻的佛像，带着淡定的安静微笑，静静看着人世间的喜悦与哀伤。

我无法知道，为何是这一尊像，在此时出现，仿佛安慰，仿佛悲悯，又仿佛只是静静看着一切，没有喜悦，也没有悲伤，又像忧愁，又像微笑着，像经文里说的——“应无所住”。

米开朗基罗曾经试图在一块巨大岩石中找出人的形象，挣扎的、扭曲的、努力从混沌中要冲出来的身体，像是我们面目模糊的自己，尝试逐渐摸索

▶ 北齐·佛立像。

出存在的意义。

在这个城市，在这个岛屿，与许多人偶然擦肩而过，记忆一个眼神，记忆一个微笑，常常似乎是错觉，即刻回头眺望，淹没在一大片茫茫人群间，再也不会相遇，消逝无影无踪。那么短暂的缘分，那么深刻的记忆，留在脑海里，时间岁月逝去，记忆的轮廓却愈来愈清晰。一旦凝视一块石头，带着岩浆纹理的石头，被海浪雕琢旋磨的石头，就仿佛又唤起那淹没在千万人群中遗忘的轮廓，想在石块里找回那记忆，那是人类开始雕刻一块石头的动机吗？

北齐的佛像，传承印度笈多（Gupta）王朝时期佛像的美，去除烦琐堆砌，使线条还原到最素朴的洁净简单。衣纹摺叠，像永恒的秩序，简单到只是“饭食讫，收衣钵”，简单到只是“洗足已，敷座而坐”。

我希望生活可以如此简单，像一个母亲照顾孩子，日复一日，没有多余的爱恨。

一个身体，通过一切的宠辱，通过喜怒哀乐，通过一切的爱恨生死，最后仿佛不断问自己：还可以少掉什么？

还可以少掉什么，拿着雕刀的工匠，面对一块石头，浮现出他记忆里的面容。

通过宠辱，放弃宠辱，通过嫉妒，放弃嫉妒，通过恨，放弃恨，通过爱，放弃爱，那就是“应无所住”吗？

因为通过了，懂得平静。因为放弃了，舍去了，才能领悟包容吗？

我仿佛第七节车厢里那个不时会惊慌的孩子，智障无明，在这尊像前不断问：你带我去哪里？

公东教堂
怀念锡质平神父

真正的钟声，应该是自己心里的声音吧。
是听到了这样的声音，
锡神父才从瑞士山区来到了台东吧，
信仰的声音，沉默、安静，
却可以如此无远弗届。

近几年，范毅舜用摄影形式出版报道的《海岸山脉的瑞士人》和《公东的教堂》引起很多人注意，连带也使更多人知道了瑞士白冷外方传教会（Societas Missionaria de Bethlehem, SMB）在台湾东海岸所做超过半世纪的奉献。

一九五三年到台东，创办公东高工的锡质平神父（Hilber Jakob, 1917-1985）的故事，更是感动了很多岛屿上的人。在现实社会的琐碎喧嚣里，真正的奉献是如此无私的，不炫耀，不喧哗，安静沉默，不求回报。

公东教堂参观的人多起来了，对这所以技职教育闻名的高中，一定也造成一些困扰吧。我阅读了一些资料，却迟迟没有预约参观。

正巧台湾好基金会邀我在池上驻乡创作，在池上书局的简博襄先生替我打点生活居所和绘画创作的工作室。工作室的橱、柜、抽屉、画板，他都亲自设计动手。看到他传给我的工作室绘图，比例规格严谨，媲美专业建筑师。我因此问起他在何处学得这样手艺？他说：我是公东高工毕业的。

我“啊——”了一声，仿佛过去阅读中还很抽象概念的公东高工，突然变得这样具体。美，或许不只是虚有其表的抽象观念，其实是扎扎实实的手工吧。博襄是我认识的第一个公东高工的毕业生，就在我眼前，我也才因此萌发了想去公东高工看看的念头。

公东高工目前的学务主任杨琼峻先生是博襄的同学，因此很快联系上，从池上去了公东。

琼峻和博襄一见面就热络攀谈起来，在这个校园一起度过十五岁到十八岁的青少年时代，大概有许多外人难以体会的温暖回忆吧。我听他们讲宿舍的通铺，讲每天清晨锡质平神父依次敲宿舍的门，要大家早起。博襄说他们住第一间，第一个被叫醒，还想睡，神父敲第二扇门、第三扇门，敲到后面的寝室，第一间寝室的学生又睡着了。哈哈大笑的声音里，有匆匆三四十年过去的莫名的感伤吧。时间岁月逝去，或许不只是喜悦或遗憾，只是觉得不可思议，哈哈的笑声戛然而止，忽然沉默下来。

空着的钟塔

我站在那一栋著名的清水模的建筑前，一九五七年到一九六〇年修建完成。形式如此简单，灰色磨平的水泥和沙，透着粗朴安静的光。抬头顺着楼梯看到二楼、三楼、四楼。顶楼上是教堂，有一个略微高起来的塔。据说当时设计时留有这座钟楼，但是后来经费不够，钟楼就一直空着。我看着始终没有挂上钟的塔楼，上面有式样单纯到只是水平与垂直两条线的十字架。

横平与竖直，造型最基本的两条线，也是西方上千年来构成信仰的两条线。我私下动念，想找朋友募款捐一口钟，让公东教堂的钟声在半世纪之后重新响起。然而我也凝视着那空着的钟楼，仿佛听到锡质平神父的无声之声，在风中回荡，在阳光下回荡。对笃实力行的信仰者而言，真正的钟声，应该是自己心里的声音吧。是听到了这样的声音，锡神父才从瑞士山区来到了台东吧，信仰的声音，沉默、安静，却可以如此无远弗届。

从简朴的楼梯边向上眺望，博襄指给我看二楼锡神父的寝室。他的寝室就在楼梯旁，一转角就是紧邻的一排学生宿舍。每一个清晨，锡神父就像钟声，叫醒一间一间寝室的学生。被叫醒，还是会想睡，锡神父就一间一间再叫唤一次，一日一日再叫唤一次。信仰，就是一次一次内心的唤醒吧。

我眺望顶楼空着的钟塔，想起海明威著名的小说《丧钟为谁而鸣》。觉得这一直空着的教堂塔楼，是否传送着比钟声还要更大的力量？那力量或许比钟声更要持久，是一次一次清晨唤醒学生的声音，平凡、安静、素朴，一日一日，不厌其烦，是在时间上无远弗届的声音，是在每一个学生心灵上无远弗届的声音。

安贫

走上楼梯，我抚摸清水模的壁面，感觉到沙和水泥混合在一起的质地。清水模，这些年在台湾的建筑上有些被过度炫耀了，似乎当成是建筑语汇设计上的名牌符号。从办公室出来跟我们会合的蓝振芳校长，谦逊有点腼腆孩子气，看到我抚摸壁面，他解释说：选择清水模，因为白冷外方传教会第一个信仰就是“安贫”。

“安贫”，所以不过度装饰，不过度喧哗，不过度炫耀外表。让校园的学生日复一日，知道沙和水泥朴素的本质，因此不油漆，不修饰，不贴壁砖。

这栋清水模的建筑，早在上一世纪的六〇年代完成，远远早过安藤忠雄等等出名建筑师的作品。或许只是因为“安贫”的信仰，使建筑可以如此谦逊安分，不炫耀外表，不贴瓷砖，不做装饰，露出纯粹材质的朴素本质。

我想起中世纪后期行走于阿西西（Assisi）的圣方济各（St. Francis），想起在阿西西看到八百年前他身上穿的那一件全是补丁的袍子。想起他的语言，如此平实朴素，只是不断说“爱”与“和平”。跟随他的信众多了，逼使他显神迹，他便带领众人去看高山上春天解冻的冰雪，看枯枝上发芽的树，冰雪融化成水流，穿过溪涧，滋润草原，流成长河，圣方济各跟大众说：“这就是神迹。”

目前梵蒂冈的教宗也以“圣方济各”为名，他的信仰也十分清楚，所以可以长年在南美洲为医院贫病者洗脚。

信仰有如此相像的力量，圣方济各和野地的鸟雀说话，和绽放的百合花说话，他的布道平凡、素朴、安静。欧洲绘画史上圣方济各的“安贫”开启了文艺复兴的一位重要画家乔托（Giotto）。我在佛罗伦萨，在阿西西，在帕杜瓦（Padua）都曾经在教堂墙壁上看到乔托画的圣方济各故事，像敦煌莫高窟墙壁上的佛本生故事，都不是只为艺术制作的图像。那些动人的图像，也是像钟声一样，世世代代传递着信仰的故事吧。

从夸耀设计的角度夸张建筑形式，和从信仰的角度解释一个建筑的精神，可以如此不同。我喜欢蓝校长的亲切、温暖、平实。公东高工，这个校园里一直传承着锡质平神父和白冷教派“安贫”的永恒信仰吧，素朴、纯真、善良，教育因此有了核心价值。

▶ 形式简单的清水模建筑，灰色磨平的水泥和沙，透着粗朴安静的光。

窄门

二楼转角，迎面就是锡质平神父的寝室。简单的木门，门上的把手已很老旧了。蓝校长忽然又像严肃又像顽皮地说："这个门把很奇怪，没有锁，有人打得开，有人打不开。"

我起初不当一回事，但是连续去了三次，果然有人不费力打开，有人用尽九牛二虎之力打不开。我想起基督福音书上说的"窄门"，是不容易进的门，是许多人不屑于进的门，却是信仰者努力要进的窄门吧。

宗教多有神迹，不可思议，但是信仰也许只是坚持，如同一九五三年到台东的锡质平神父，心无杂念，只有对弱势者的服务，创办了这所技职学校。他费尽心力，邀请瑞士著名建筑师达欣登（Justus Dahinden, 1925-）设计校舍。达欣登当时三十五岁，深受柯比意（Le Corbusier, 1887-1965）现代建筑观念影响，"降低造价，减少构件"，完成与白冷派"安贫"信仰一致的"公东教堂"。

锡质平神父又从瑞士引进当时最先进的建筑相关手工技术，如木工技师徐益民（Peter Hsler），水泥匠师易尔格（Ruedi Ilg）等先后21位各个领域的专业技师，铸铁、木工、玻璃彩绘、水电、照明，为当时的台湾引进了世界先进观念与技术。这些技师也心无杂念，留在台东数年，专心教育，教导偏乡的青年，可以学一技之长，养活自己，也造福乡里。比起半个世纪以来台湾的"教育部"，似乎锡质平神父和这些技师为台湾做了更确实的贡献。

看着锡质平神父有时开、有时不开的门，我想：或许门其实永远是开着的吧，只是我们稍有杂念，就以为很难开了。

清水模的壁面留着砂石水泥的混合痕迹，很粗朴，和现代建筑上过度雕琢过度修饰的清水模其实很不同。有内在信仰的建筑，和徒具外在设计形式炫耀的建筑，其实是不难分辨的。走在楼梯上，大家都会发现，楼梯有间隔，与主体建筑的墙面分开。很容易觉得是刻意的设计手法吧，我还是记得蓝校长的解释，他说：白冷派的信仰要与世俗保持距离。

世俗的权力、财富，世俗的贪欲、憎恨、忌妒，我们可以保持距离吗？我一步一步走在悬空的楼梯上，悬想着白冷教派的信仰。

所以锡质平神父和如此多白冷派的教士修行者都来到了台东？不是台北，不是高雄，不是热闹的都会，他们安贫，孤独，与俗世喧哗保持距离。在半世纪前台东这样的偏乡，度过他们在异乡的一生。然而，是异乡吗？努力进窄门的信仰者，应该已经没有异乡与故乡的分别吧。

我一路听着博襄、琼峻这些曾经受教于锡质平神父的学生们谈着往事。神父的家人从瑞士寄来昂贵外套，他很快变卖了，做了学生的助学金。神父给学生治病，医治香港脚，教导卫生，亲自替学生剪脚指甲。学生打球，球滚入农民田地，学生踩入农田，就要受责罚。

这是教育吗？没有人否认，但是我们似乎早已失去了这样教育的信仰。

教育如果只关心知识，只关心考试、学位，是可以对人不关痛痒的吧。

岛屿的教育剩下知识，失去了人的信仰；岛屿的教育剩下考试，失去了生命核心的价值。公东高工的故事留在岛屿上，让教育的行政者汗颜，是对犹在仅仅为知识与考试中纠缠的青年们深深的警醒吧。

救赎的血痕

顶楼的教堂是被介绍最多的，看过很多拍摄精美的照片，但是到了现场还是很被震撼，我跪在后排椅凳上，感受像圣光一样静谧的空间。我是在中学时领受洗礼过的，当时从罗马回来的孙神父要我挑选圣名，我在耶稣十二门徒中选择了“汤玛斯”，他是不相信耶稣复活的那位门徒，他说：除非我的手指穿过他受伤的肋骨。

我选择那圣名受洗前，孙神父笑着说：你怀疑吗？

“我怀疑吗？”我不断问自己。我终究离开了教会，然而流浪游走于世界各地，我仍然常常一个人潜进教堂，在幽暗的角落静坐，看彩绘玻璃的光的迷离，或跪在那钉死在十字架的身躯下，试着再一次仰望信仰的高度。在使徒约翰撰写《启示录》的希腊帕特摩斯岛，在伯利恒小小的诞生圣堂前，我都俯身倾听，希望再一次听到自己内在的声音，不是怀疑，而能够像使徒约翰那样笃定信仰“启示”。

顶楼的教堂有两扇向左右拉开的大门，大门拉开，一排一排供信众望弥撒时坐的长椅，厚实原木嵌榫，半世纪沁润，透着琥珀的光。大约二十排座椅，正对祭坛，祭坛上有铸铁的羔羊，代表生命的献祭。

圣堂采自然光，祭坛上端有可以手工操作开阖的天窗，铸铁和玻璃镶嵌的技术都极精准，经过半世纪，操作起来仍然自如顺手。

台湾的手工技职教育在近三十年间毁损殆尽，民间原有的手工技艺尽皆没落，苑里的大甲蔺编织，水里的陶缸烧窑，美浓的纸雨伞制作，原住民部落的植物染，埔里的手工抄纸，许多三十年前还记忆犹新的手工技艺，没有成为民俗文化被保存，迅速被粗糙空洞的大学教育淹没。许多技职学校纷纷改为“大学”，学校教育师生一起打混，敷衍了事，只会考试，只求空洞学历，青年无一技之长，无法脚踏实地生活，教育垮掉，或许是岛屿政治经济文化一起走向没落败坏的开始吧。

许多人把公东教堂誉为台湾的“朗香教堂”（Chapelle Notre-Dame-du-Haut de Ronchamp），“廊香教堂”是柯比意的名作，我十几年前从瑞士巴赛尔进法国，去过一次廊香，写过报道，也知道那是柯比意在战后被轰炸后残留的废墟上重建的圣堂。许多动人的建筑背后都隐藏着不容易觉察的信仰，只谈设计艺术，不会有廊香教堂，也不会有公东教堂。没有信仰，也没有美可言，金字塔如此，长城如此，奈良唐招提寺如此，巴黎圣母院如此，吴哥窟也如此，伟大的建筑背后都有笃定的信仰。失去信仰，徒然比高、比大，其实在文明的历史上只是笑话吧。

公东教堂很小，一点也不张扬霸气，但谦逊平和，祭坛上方的自然光投射在铸铁的耶稣像上。达欣登的设计和教堂内部木工、铸铁、彩绘玻璃的制作，都使我想到一九三〇年以后欧洲的包浩斯学院风格。手法简洁干净，介于写实和抽象之间。以耶稣铸铁像而言，肋骨部分像两只环抱的手，

简化的手掌、脚背都镶嵌红色玻璃的钉痕圣血，红色里透着光，仿佛救赎的呼唤。

教堂的音响设计极好，几乎可以不用扩音设备，极不费力，声音就可以清晰传达到各个角落。可以想见神父弥撒时念诵经文和圣诗咏唱，那干净的声音如何在空间里，有久久不去的回荡。

第三次去公东教堂是陪伴趋势教育基金会执行长陈怡蓁，也因此认识了当年参与教堂修建的师傅杨见智先生，他正是学务主任杨琼峻先生的父亲。生于一九三二年的见智先生，教堂修建时应该还是三十几岁的青壮年龄，如今已年近八十四岁。他在教堂墙壁边，告诉我们当年用特制竹篾将灰泥弹打上墙，竹子弹性强，灰泥一坨一坨扒在墙上，不会松散脱落。他手工的制作，时隔近半世纪，至今仍然结实牢固。

苦路

户外斜射的冬日阳光，一方一方照亮墙壁上的彩绘玻璃，投射在室内的地上、椅子上。彩绘玻璃是十四方耶稣“苦路”的故事，身上负载沉重十字架，一步一步走向骷髅地，头上刺着荆棘，身上都是鞭痕，几次匍倒地上，用自己的血做人世苦难的救赎，那扛着十字架的面容像是耶稣，也像是锡质平神父，是所有信仰者走向信仰高处的坚定面容。

从教堂出来，看到众多公东的学生在篮球场打球，蓝校长引领我看篮球架上一方小小金属牌子，上面镌刻“锡安东赠”，校长解释：锡质平神父罹患癌症，一九八四年，家人从瑞士寄来七十五万台币，要他赶紧医病，神父想到校园缺一个给学生运动的空间，便把医疗费用弟弟“安东”之名捐赠，修建了篮球场，并立一小牌，算是感谢弟弟锡安东吧。

公东高工在岛屿许多粗糙浮滥的“大学”将面临淘汰废除之时，却成为优秀技职教育的典范，成为优秀人文教育的典范，也成为人性信仰的典范。

病重时坚持潜返台东的锡质平神父，一九八五年在他爱的台东逝世。他的遗体被当作“家人”，迎接进排湾族族长自家的祖坟埋葬，饱受外来文化伤害的台东原住民，很清楚，谁才是“亲人”。

池上日记

落地

阳光还没有露脸，
色彩在等待，
只要海岸山脉上
一线曙光亮起来，
色彩便被召唤醒来，
红的、绿的、
黄的、紫的，
喧哗缤纷，
热闹如簇拥着的新妆女子，
要一起走出来见客人了。

一个关于便当的故事

二〇一六年初春节有九天连假，我不在池上。

这几年，一到周末，池上游客就多起来。如果是超过三天以上的连假，涌进来的人就更惊人。游客如潮水，小小的乡村，原有简朴宁静的生活自然被淹没了。

我在池上住了一年多，日日享受安静无人的村居生活，大概觉得自己福分太多，不应该霸占，不应该独享，慢慢连假日就离开池上，把这里的一切留给别人。

春假过后，我回到池上，许多人脸上惊魂甫定，好像经历一场大战。

“很多人吗？”我问。

“光火车站附近的便当一天卖了八千个——”有人这样回答。

一天“八千个便当”，对一个总共只有六千人口的农村而言，是有点像被“淹没”了吧。

池上人口少，中山路上传统服务乡民的产业都有一定规矩。我常去的“吉本肉圆”，三代经营，年轻一代遵守古法，四神汤的汤底熬得到位，芡实、薏仁、淮山都入口即化。我吃的时候不加猪肠，一样浓郁淳厚。生意的对象都是左邻右舍，对象是认识的人，自然不会草率敷衍。他们的肉圆、米苔目都好，因为池上的米就够好。池上游客多的时候，年轻的帅妹赖品毓忙到没有时间坐下来。她偷偷告诉我，“十一点以前汤头还不够浓——”但是常常三点钟去，已经卖完了。他们也不想多做，每天就好好做一锅，吃到就是缘分，不是都会速食店，为了牟利，快速打发客人，那不是池上人要的。

一个朋友在食品安全出问题时提出口号：不吃不认识的人做的东西。我笑她太偏激，但我也慢慢相信，岛屿偏乡还留着许多好东西，像吉本的四神汤，像池上的米，像玉蟾园阿嬷做的豆腐乳，像关山的蜂蜜，像富里陈妈妈的“手路菜”，像家家户户自己吃的萝卜干，腌橄榄，自己种给自己吃的枇杷、木瓜、梅子，市场买不到，吃到恍如一梦，原来食物可以这样本分，健康又好吃。许久以来，纵谷被遗忘在岛屿的一个角落，庆幸还留下了人在产业里的温度与认真。

池上被记起来了，都会里的人像潮水涌进来，池上可以屹立不摇吗？

关于八千个便当的故事，有个哀伤的结尾，一家三口为了赶火车，匆匆挤在人群中买了三个便当上车，小孩打开便当，有卤肉，一口咬下去，“啊！卤肉外面有酱油，里面都是白的——”

池上长大的孩子都知道，那是卖给观光客的便当，不用花时间，意思到了就好，外面看是卤肉，没有人在意里面是不是卤肉。

不只是池上，所有岛屿还留着人的关心与温度的产业面临着同样被“淹没”的危机吧。

“有钱为什么不赚？”你去质问卖便当的，你去质问恶质招客的自行车业者，你去质问给司机分红招揽游览车拉客的大饭店，他们一定这样回答。

“有钱为什么不赚？”许多纵谷踏实过生活的人哑口无言。

池上中山路上的几家好餐厅常常“休息去了”，我常去吃午餐的“保庇”素食，老板娘一“休息”就十天，吉本肉圆一休息常常两星期，我抱怨没东西吃，年轻帅妹说：“去日本赏枫——”

他们要生活，生活做前提，钱可以赚，钱也可以不赚。人生没有取舍，最终是悲哀无明的人生吧。

我在池上

我生活在池上，没有电视，不看报纸，没有社交应酬。这个小小乡村，晚上八点，最热闹的中山路也少行人了。没有戏院、卡拉 OK，没有夜店，台九线上的便利商店，开卡车的司机买了饭包，匆匆来去。他们不算池上居民，只是路过。居民晚餐后多就上床，餐厅也熄灯打烊，拉下铁门。我因此不多久也习惯这样作息，八点就上床看书睡觉。

春分以后，天亮得早，远近鸡啼鸟鸣，吱吱喳喳，不起床也似乎愧疚。通常五点钟就出外散步，看清晨的云无事在水田上浮荡，流连徘徊。太阳还没有翻过海岸山脉，稻秧上结着清晨的露水，空气里都是植物的香，泥土的香。隔夜苦楝的花香像一

▶ 没有电视，不看报纸，写作、画画、散步就是富足生活。

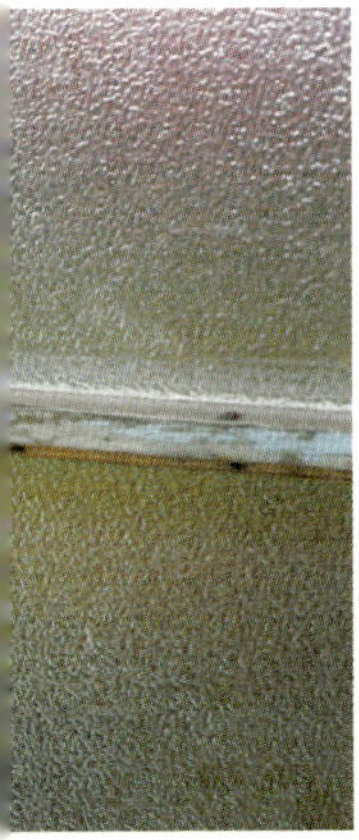

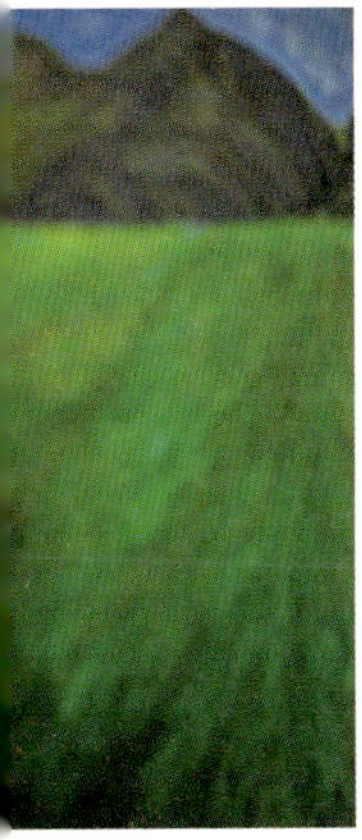

片淡淡紫色的雾，还在四处飘浮流荡，像找不到归宿的搽了香粉的女子。

我通常出大埔村，沿着水渠往南走，左手边是东边海岸山脉，右手边是西边中央山脉。山都还沉在暗影中，像没有苏醒的巨大的兽。走到土地公庙，拜一拜，由南转东走，朝向万安村，听水渠流淌，潺潺湲湲。水渠有引道，哗哗连贯到不同高低的田里，像有说不完的亲昵话，要说给每一片不同的田土听。每一方田里一样平平的水，像盛在浅浅的盘中，不多也不少。沿着万安村再转向北走，走到大坡池，天还未全亮，雾蒙蒙的，山影水光像一张湿透未干的元明水墨，不用题跋，也不需要落款，空灵洁净到一尘不染。岸边水鸭惊飞，哑哑叫着，一长队成群贴着水面掠过，飞到对岸。上一个冬天留下稀疏枯残荷叶莲蓬，像水墨里的干笔飞白，在春天的温柔妩媚里带着残冬的凄厉孤冷。阳光还没有露脸，色彩也都躲在暗影里。色彩在等待，只要海岸山脉上一线曙光亮起来，色彩便被召唤醒来，红的、绿的、黄的、紫的，喧哗缤纷，热闹如簇拥着的新妆女子，要一起走出来见客人了。

我或许也是路过吧，等日头翻过山脉，天光大亮，我就回到画室，面对着空白的画布，想画下大坡池没有日光时的宁静，想画下水渠里铮铮淙淙的水声，想画下苦楝树春分时四处弥漫的香气，想画下这初春时一个小小村落仿佛被遗忘的乍暖还寒。

然而，池上还是被记起来了，因为商业广告重复播放，人们记起了这个在纵谷的小乡村，记起一条没有路灯两边都是水田的美丽道路，记起一棵树，树底下坐着一位明星，那棵树就首当其冲，游客争相跟树拍照，彼此推挤，踩到水田里去，踩坏了刚插的秧苗，农民哭丧着脸央求：不要踩秧苗。游客彼此恶言相向，把气出在农民身上，质问农民：为什么不插牌子，写“不准践踏”！

岛屿有什么东西变质了？急躁、自私、蛮横、草率，这个时代还会有真正土地的厚实安静吗？

“有钱为什么不赚？”一日一日随着变质的将不会只是一个便当而已吧。

黑色骑士

在池上受到很多照顾，池上书局的简博襄夫妇，农民梁正贤、叶云忠、张天助，世代住在池上，他们身上有一种笃定沉稳，不夸张、不虚饰矫情，常常是我拿来检查自己的榜样。

有一次我问梁正贤：“梁大哥，你觉得池上下一代会传承下去吗？”

问得没头没脑，自己也觉得空泛得很，只是我对池上上一代的居民有一种敬重，好像希望在他们身上找到一些对的答案，减低我对类似便当故事的疑虑吧。

梁正贤没有回答，他对不确定的事果然不随便妄言。

得不到回答是我没有认真思索吧，我也相信，解决问题的答案通常不会是一两个人看似有智慧的一两句话，而是许多人日积月累默默力行的力量吧。

傍晚以后，入睡前，我习惯到中山路的“田味家”喝一碗张力尤研制烹调的熟杏仁茶。力尤原来开瓦斯行，池上街上会看到一个斯文优雅的少女，骑摩托车，肩上扛着沉重的瓦斯桶四处送货。力尤是客家人，家里本来就有做杏仁茶、牛汶水、草粿的习惯。把家学本业开店服务乡里，很理所当然。一碗一碗现磨现烹调，不会是大生意，但做的人安然知足，来的人是亲戚邻居，外地人也很容易跟不忙的力尤攀谈，不会被当成观光客。

力尤是台湾好基金会义工，做很多地方的公益的事，也还是没有把“赚钱”当唯一的生活目的。

二〇一五年的圣诞节，我看到力尤店里聚集一些年轻人，七手八脚，忙着包礼物。我问：这是什么？力尤说：“黑色骑士圣诞节要去万安小学跟小朋友同欢，在准备每一位小朋友的礼物。”

我因此认识了“黑色骑士”，除了张力尤，也认识了“走走池上”的罗正杰，Life 21 House民宿的张俊伟，舒食男孩黄清誉，米贝果的郝朝洋，“庄稼熟了”的魏文轩，还有一位香港来池上的陈志辉，云游在外，没有见到。

最初是池上七个三十岁上下的青年，骑着黑色单车，沿街兜售自己的产品。好像是做生意，但是纯粹做生意，当然不会关心到偏乡小学学生怎么过圣诞节。

我因此上了“走走池上”罗正杰的脸书，更进一步了解这些池上“新青年”到底在做什么。

正杰是新竹关西人，大学学资讯管理，毕业后做设计，也爱摄影。他常常环岛，几次经过池上，爱上了池上。住过“庄稼熟了”民宿，认识文轩，又住了Life 21 House民宿，俊伟知道中山路有老屋要出租，问他想要租吗？

老屋就在乡公所旁，两层的小楼，挑高很高，原来是老诊所，二楼全是老式木窗。正杰三十岁，心里想：要不要离开台北？赚钱之外，可不可以过自己向往的生活？

这样破釜沉舟的事，没有人能够回答，必须自己做选择。

正杰跟房东见了面，老房子要整理，要花时间，也要花钱，房东答应签九年的约，一个月一万台币租金，正杰觉得压力不大，梦想就实现了。

“台北的业务怎么办？客户如何应付？”我还是想到实际要解决的问题。

“许多事现在电脑视频可以解决，必要的面对面的沟通，就上一次台北开会。”

正杰好像是乐观的人，要过理想的生活，大目标定了，其他都可以调整。

“现在有多长时间在池上？”我问。

“四分之三时间吧，偶尔回台北，也觉得有不同角度看台北。”

我很高兴听正杰这样说，我自己刚好有同样感觉，回台北看电影，看表演，或无所事事坐在捷运里看人，都有不同感觉。困在都会里久了会烦躁，厌恨自己的环境，离开一段时间，知道都会有都会的好，也有都会的必要。带着对都会的“恨”逃避到乡村，多不长久。正杰是健康的，他爱池上，却没有放弃都会，小小的岛屿，过自己平衡的生活，正杰提供一种包容的想法。

中山路九十九号开了“走走池上”，是民宿吗？不是，是咖啡厅，也不全然，正杰说：“既然做设计，就把池上应该停留的地方绘图印出来，提供给外地人用——”“自己的书从台北运下来了，摆在书架上，也就开门给大家看——”

正杰不是开“店”，只是喜欢“分享”。他还是照常做自己的设计。

文轩的家里有小小的田，耕耘机施展不开，就吆喝几个“骑士”下田耘土插秧。力尤是“女骑士”，我看到照片里的她坐在田埂上，便说：“力尤只是旁观吗？”其他骑士辩解说：“她有下田。”我们或许不自觉就会歧视女性吧，力尤却不介意。

骑士里像张俊伟是富里长大的，黄清誉和郝朝洋也跟关山有渊源，都是在纵谷度过童年、青少年，出外读书或工作，绕了一圈，最后再回到纵谷，重新开始跟这片土地的关系。

▶ 黑色骑士，左起：香港全职背包客 / 陈志辉、走走池上 / 吴彦龙、田味家 / 张力尤、舒食男孩 / 黄清誉、Bike de koffie / 郝朝洋、Life 21 House 民宿 / 沈如峰。（罗正杰摄影）

玉蟾园与晒谷场

我观察“黑色骑士”，也开始了解池上或纵谷年轻一代面临的问题。

池上没有高中，初中毕业，如果继续升学，一定出外，像玉蟾园的赖霆骏，祖父母在海岸山脉坡脚有一块地，种肚脐柑、树薯。第二代在这块地上经营了民宿，用上一代名字里的“玉”和“蟾”命名。

池上常用上一代名字命名，像中山路上的“晒谷场”，听起来与人名无关，但是原住民阿嬷叫“稻穗”（Banai），阿公是“广场”（Buda），汉姓潘的两姊妹开店，就起名“晒谷场”。我喜欢他们总记得上一代，他们的桑叶茶也跟池上养蚕记忆有关。

“玉蟾园”是很美的一块地，我喜欢早上在那里眺望中央山脉，看白云舒卷。或走到工作室看赖先生用老桧木制作笔，看赖太太用牛樟、桂花精油做手工皂。但是这样大的一块地，夫妇两人也忙不来。二〇一五年儿子霆骏退伍了，决定回家接续家里的工作，都会里待了好多年，重回乡下，一定有不适应，也一定有欢喜。看到赖霆骏听奉阿嬷命令到田里挖了一早上的树薯，满身是汗，腰也直不起来，好像一脸无奈，但看着一车自己挖出来的树薯，又仿佛很有成就感。

我最常去吃饭的“边界·花东”在富里，陈妈妈的“手路菜”是岛屿慢慢不容易吃到的朴实家常料理了。民宿刚好在花莲台东交界，三层楼，没几间房，光靠陈妈妈一个人当然不行，大儿子陈律远在都会学观光休闲，在大饭店工作过，也跑到澳洲打过工，很典型的岛屿今日青年的摸索模式吧，但他有老家，有母亲，有父亲留下的一块不大的田，最后就回来了，跟弟弟宣帆一起把民宿接下来，自己做外场，弟弟在厨房做帮手，有自己的事业，也能陪伴母亲。我去熟了，觉得不只是为了用餐，有时是去感觉一个家庭的温暖欢乐。

律远开始下田插秧，斯文的年轻人，一点也不像传统农民，插秧几天，也是腰酸背痛，有时哭丧着脸，告诉我秧苗一大片被金宝螺吃光了。我赶紧去问池上老农民，他们说有苦茶油的渣可以治金宝螺，我又赶紧告诉律远，他说“知道”，但又说“不想补秧了”。纵谷青年创业定居的故事或许并不浪漫，每一步都有艰难琐碎的事，每一步也都要踏实走稳。

▶ 池上之春（李昌隆摄影）

丰宿

外地来池上开店我最早知道的是“甘盛堂”，黄重德在高雄做业务，陈武良是补教老师，都因为过劳，武良换了“肝”，重德换了“肾”，九死一生，两人到池上休养，仿佛重生，中年经营了健康料理的“甘盛堂”。

我不喜欢重德跟我说的故事，太惨了，希望下一代不用换肝换肾才有觉悟。

池上创业的青年中，新近出现的“丰宿”是较特殊的。

主人何仲骐和妻子施得心，都和池上没有渊源。我看了他们的学历经历，应该是岛屿青年典型的“精英”吧。建中、北一女、台大，毕业后两人都进顶尖的IC产业。这样的学习经历，在不到

四十岁的时候，为什么辞职？为什么选择了池上？买了一块地，自己动手建造民宿，仲骐从头学习调制咖啡，拿到证照。

因为朋友到池上住在“丰宿”，我有机会认识这一对青年夫妇，带着两个聪慧的孩子，过幸福的生活。三间房的民宿，大部分的空间还是自己一家人过日子。主人慢条斯理调制咖啡，孩子画画，做功课，但不时跑过来攀住妈妈的脖子说话，磨蹭在爸爸的腿上怀里。大儿子何丰匀九岁，小儿子何丰升六岁，看到这样一家人亲近的画面，我没有问，但大概感觉到他们放弃大企业高薪股票的原因吧。两个孩子名字里都有“丰”这个字，和他们新创业的“丰”同名。不到四十岁，“丰”，不仅仅是开民宿、卖咖啡，他们选择了自己要的生活，他们提供给下一代丰富而健康的童年。

仲骐台大读造船海洋工程，他曾经有过奇特的梦想吧，他亲自设计打造了一个家，像一艘满载梦想的船，现在航行在池上一望无际的绿色稻浪上。

原来可能对“精英”儿女跑到偏乡颇有意见的上一代，也因此常来池上了。

仲骐跟岳父说早上在窗口看到一只鸟，发出啵啵声音，顺手用手机拍了下来。岳父喜欢摄影，看了手机照片，很感兴趣，就问仲骐：“它现在在哪里？”

我喜欢仲骐一副无辜的表情，他跟我说：“我哪知道‘它’现在在哪里啊！”

池上青年的故事让我快乐，黑色骑士新近决定每个月一个星期六骑车去游客最多的伯朗大道捡垃圾了。游客丢的垃圾，爱池上的青年们去收拾，听起来不正义，但也没有什么不好。

我还是想着那只会发出啵啵声音的鸟，到底现在飞去了哪里。

巴勒摩、巴勒摩

——怀念碧娜·鲍许

镜面哗然崩碎溃落，
闪烁着前所未有的
流星雨一样的
折射反光。
毁灭这么美，
绝望这么彻底纯粹。
碧娜
一定冷冷笑着，
带着她的忧伤转身离去。

二〇〇九年六月三十日碧娜死亡的消息让许多人吃了一惊。太突然吧，好像她还在创作的高峰，还有那么多话要说，还有那么多人等着看她新的作品，会心一笑，“啊！这就是碧娜，这就是世界，这就是二十世纪。”

二〇〇九年，其实二十一世纪的第一个十年都快过完了，但是，碧娜让你恍然觉得：啊！二十世纪结束了。有些人的生命有自己的历史刻度。碧娜不一定关心历史，历史却在她身上停留。荣耀或是沮丧，高贵或是鄙贱，辉煌伟大或是卑微不足挂齿，二十世纪，过完了。像是碧娜脸上很奇特的笑容，忧伤到令人不忍。然而她总是忧伤地微笑着，仿佛她知道罹患癌症，就在四五天里毅然离去。像每一次看完她的作品，看她与舞者一起谢幕，微笑，令人忧伤，在空空的剧院发呆，然而她走了，二十世纪结束了。

耽溺在碧娜美学世界的观众都有许多记忆，舞台上布满八千朵康乃馨，“啊——”观众从心底叫出来，那样的华美、尊贵、富裕、灿烂，像你经验过的一次最可以惊叹的春天。然后，人们走过，衣着华丽，姿态优雅，如此微笑着看着你，像是勾引，像是挑衅，像是鄙夷。文明这样若无其事走过，轰轰烈烈，踩过脚下刚刚让人惊叹的花朵。八千朵花，一朵一朵被踩过，践踏、蹂躏、霸凌，变成烂泥。

碧娜的美学交替着爱与恨，拥抱和撕打，抚慰，也同时是残酷的伤害。舞台上的生命无路可去，自大、无知、无明、小小的狡诈、小小的沾沾自喜，在巴洛克装饰讲究的巨大镜子里自慰着。碧娜微笑着，冷冷看着，她当然会用一只青花瓷的明朝花瓶扔掷向镜面。镜面哗然崩碎溃落，闪烁着前所未有的流星雨一样的折射反光。毁灭这么美，绝望这么彻底纯粹。碧娜一定冷冷笑着，带着她的忧伤转身离去。

二十世纪初，更确切地说，是一九〇〇年，毕加索从西班牙北上到巴黎，他似乎在宣告：我来了。

毕加索用立体切割完成的《阿维侬姑娘们》（Les Demoiselles d'Avignon），是妓院门口许多张破碎的脸，一只眼睛、半个鼻子、歪扭的嘴巴、残肢、断腿。二十世纪是被敲碎的一张巴洛克古典镜面，毕加索让习惯古典优雅的二十世纪新市民用这破裂的碎片看自己。破碎的自己，残断的自己，再也整合不起来的自己，然而，也可能是多么丰富而多面向的自己。

当古典只是徒具骨骸的行尸走肉，二十世纪就如此让尸肉瓦解，戳穿尸肉的假象，让伪假的高墙轰然倒下，让溅迸的血肉在废墟上冲撞出新鲜的生命气味。所以那八千朵康乃馨是注定要一步一步从华美到颓败，被踩踏成烂泥的吧。

表现主义美学

碧娜美学的基因是二十世纪的立体派、野兽派，是真实的撕裂，是狂野的释放。当然，还有她血液里根深蒂固的德意志“表现主义”荒谬与惨伤的笑容。

她的画面里有许多的凯尔希纳（Ernst Kirchner）、贝克曼（Max Beckmann），有迪克斯（Otto Dix），有诺尔德（Emil Nolde），有格罗兹（George Grosz），也有少许挪威的蒙克（Edvard Munch），维也纳的席勒（Egon Schiele）。

他们大概都在二十世纪初的繁华里看到了废墟，从身体的底层叫喊出痛和爱的渴望的声音，看到美与丑荒谬的交错组合，看得如此彻底，因此彻底虚无，彻底孤独，也彻底荒凉。

葛萝兹可以用人物单一形象创造出整个民族与时代的焦虑、恐慌、虚无、颓丧，他在一九二七年创作的诗人荷曼尼斯（Max Herrmann-Neisse）肖像，几乎在一张人物身上凝聚了两次世界大战之间人的心灵荒芜的象征。那在战争的毁灭过后或之前狂欢达旦的“小酒馆”（cabaret），呛鼻的烟草味，荒腔走板的萨克斯风，诗人鄙夷主流，愤世地冷嘲，他们绝望沮丧，知道战争来时有更荒谬的画面要来，他们像巫师，也像先知，预告了毁灭。

德国表现主义绘画里的单一人物有强大的精神能量，也正是碧娜在舞台上重塑时代的聚焦方式。“巴勒摩、巴勒摩”里穿高跟鞋的男子，淡淡的微笑，涂着指甲油，若无其事。在舞台一角，冷冷看着观众，他装扮自己，头上用香烟串成花冠光环，他凝视、微笑，活在自恋的世界里。他拿着中场休息告示牌，在舞台边缘优雅踱步，他没有“舞蹈”，但是剧力万钧。碧娜剧场里许多上了年纪的“舞者”，可以静止在舞台上，却凝聚出比任何高难度动作更印象深刻的视觉焦点。那一张张仿佛经历许多事件的脸，那记录着历史不再年轻的身体，都强大到像葛萝兹画里单一人物的力量，像迪克斯画里叼着香烟的女子，冷冷看着人间。他们不是一个人的肖像，而是时代的肖像，像谶纬魔咒，预告着毁灭、崩塌，预告着繁华下一瞬间即将成为废墟。

电影里的碧娜·鲍许

许多人记得有两位知名的电影导演都在影片里用过碧娜·鲍许，一位是费里尼，一位是阿莫多瓦。

费里尼在一九八三年拍摄《扬帆》（And the Ship Sails On），故事是一位歌剧演员死了，贵宾送葬。一艘豪华邮轮，从拿坡里港出发。航行途中，船上的过气知名歌剧演员互别苗头。船上也满载没落的贵族，各自有他们的回忆与沧桑。碧娜扮演一名眼盲的普鲁士女公爵，瘦削单薄的身体，空洞的眼神，她行走于繁华之中，却看不见繁华。

费里尼是像巫师、也像先知的艺术家，他如此敏锐，让碧娜在那一艘豪华的邮轮上以一个盲眼的没落贵族出现。碧娜出场不多，但是她的脸、她的五官、她望向虚空的眼睛、她如风一般鬼影摇动的薄薄的身体，都如此令人难以忘记。碧娜本身是一个强大的时代符号，和德国表现主义绘画里的人物一样，可以凝聚历史，凝聚繁华，也凝聚毁灭。

好的创作者，有能力一眼看到人的本质吧，像碧娜发现剧团里几个上年纪演员身体的张力，让他们静止在舞台上，成为一幅无法消逝的画面。同样的，费里尼也可以一眼看到碧娜身上强大的美学张力，而且，让她目盲，让她的行走时不依赖视觉，还原成纯粹身体触觉的本能。

碧娜身体的符号第二次被用在影片中是在二〇〇二年阿莫多瓦的《悄悄告诉她》。这部影片台湾上过院线，知道的人比较多，也是阿莫多瓦转变风格的重要作品，从早期《欲望法则》的暴烈毁灭的爱，开始慢慢转向人性在绝望中透露的深长的温暖。

阿莫多瓦直接采用碧娜早期一九七八年《穆勒咖啡馆》的一段做他影片的开头，在幽暗的空间里，穿着长袍的碧娜直挺双手，向前向后，向左向右，她让我想到原来舞作里那个在空荡荡的咖啡馆里走不出去的鬼魂，不断撞到桌子椅子。而在影片中，碧娜仿佛用身体跟一堵墙对话，一堵高高的墙，一堵看不见的墙，一堵不会撞倒的牢固的墙。

墙是二十世纪美学思潮上重要的象征吧，使人想到萨特著名的小说《墙》，想到那个在高墙前即将行刑的身体与墙的对话。萨特在《无路可通》的戏剧里也在讲被墙隔断的空间，吃饭、睡觉、行走、坐卧，一切如常，却是看不见的墙框架的“死亡”的空间。

碧娜就在那样的空间里行走，使自己的身体穿过二十世纪，从费里尼的扬帆出走，一直到阿莫多瓦试图在二十一世纪最初的曙光里，仍然努力要用身体冲撞那一堵高墙，无路可通，但是还想试试，看绝望中有没有最后一点点松动的可能。

高墙倒下

三月五日观众在台北戏剧院凝神屏息，等待开幕后舞台上一堵高墙，等待片刻，或一世纪那么漫长，轰然一声，七吨的高墙崩垮溃散，硝烟四起，舞者开始在砖瓦残断的废墟间行走舞蹈。

《巴勒摩、巴勒摩》是碧娜一九八九年的作品，首演推出后十四天，柏林围墙倒下。许多人从碧娜这支舞联想到政治的隐喻，创作仿佛预言，但是，创作的预言或许并不像一个萝卜一个坑。真正的预言像符咒，世俗平庸从来没有理解符咒的能力。知道那一堵高墙要轰然崩塌，二十多年后，在台北等待这一刹那，还是十分惊悚。好像倒下的不是某一堵墙，而是文明里许许多多纠结瓜葛解不开的症结。高墙倒下，遍地瓦砾，寸步难行，然而，人类在废墟里重新学习行走。那样的行走，步履维艰，然而每一步都重新摸索，因此加倍珍贵。

那便是创造的意义吗？创造原来是与毁灭息息相关，不关心毁灭，也绝无创造可言吧。

抱着古典冷透无体温的尸骸，扬扬得意，在酸臭腐朽的酱缸中，重复又重复，临摹又临摹，正是古典最无知的败家子吧。无明无知，就使一个文明树起一道一道牢固又封闭的高墙，把自己囚禁起来，在狭小的空间里自鸣得意。

所以，多少人等待着那一刻。高墙倒下，像鲁迅著名的散文《论雷峰塔的倒掉》。那堵高墙的确不是柏林围墙，碧娜关心的一定比政治的高墙更宽广更远，人类有政治的高墙，有宗教的高墙，有民族的高墙，更多的高墙在自己身体里，伦理的高墙，道德的高墙，习惯的高墙，自以为是的高墙，像布纽尔《自由的幻影》电影里的隐喻，人类其实并没有“真正的自由”。自由的时刻，可能是我们意识到有墙挡住的时刻吧，从来没有感觉到自己外围有墙，也绝无法知道什么是真正的自由。

我们活在一堵一堵高墙间，能看到一堵倒下，有自由的快慰，但是还有高墙在前面。我们终极的梦想是让自己精神上的高墙一一倒下，然而，要多么大的诚实与勇敢。

卡夫卡曾经用中国历史上的“长城”创作他饶富寓意的小说《大墙》（The Great Wall），也许让汉文字的读者忽然省悟：长城是一堵墙，是数千公里的墙，是数千年的墙，恐惧、防卫、界分、抵抗、对立，在大地上用无数心力修筑的一道“伟大的墙”，“墙”竟然是一个文明这么深的象征。

我也忽然想到，在北美看到许多华人修筑的墙，买了地，买了房子，第一件事就是修墙，用墙把自己围起来，证明自己的势力范围，也囚禁了自己。

那一堵伟大的墙曾经在蒙古帝国时代被颠覆了，许多谈论东西交通史的学者都喜欢那个时代，货物、技术、观念都可以穿越高墙彼此沟通。但我也喜欢卡尔维诺《看不见的城市》里描述的那个蒙古帝国居住在北京皇城中的可汗，聆听一个旅行者述说一个一个的城市，旅行者去过的城市，他描述每一个城市不同的色彩、气味、女子的美丽，宝座上的大汗怅然了，那些属于他帝国名下的城市，他都看不见，他的帝国只是一张地图。

“巴勒摩”，一个西西里岛地图上的城市，碧娜编作成她的“城市系列”。我看过碧娜“城市系列”的作品，都似乎与那个城市无关。好像她关心的是那个看不见的城市，那个在人性底层建构盘踞的城市。

舞台上一个女子不断抓起几根意大利面，气急败坏吼叫：“这是我的——”意大利面掉在地上。她又抓起几根，更气急败坏吼叫：“这也是我的——”看到人性底层的占有、欲望，其实可笑，也十分凄凉。我们知道碧娜讲的不是“巴勒摩”，不是“意大利面”，我们可能抓着任何东西气急败坏吼叫：“这是我的——”“这也是我的——”

占有，再占有，日复一日，从意大利面到房子、车子，从钱财、权力、爱人，到荣誉、骄傲，我们最终能够“有”什么。

碧娜用意大利面说着很像庄子说过的故事，把腐烂发臭的鼠尸紧紧抱在怀里，可以一样气急败坏吼叫说：“这是我的——”

碧娜意大利面的符号延续着，另外一场戏里，一个中年男子，不断用硬质的意大利面戳自己的胸膛，一次又一次，如此自戕着，一语不发，好像恨极了这个身体，一切的痛，不过是因为有这个身体。

碧娜的舞蹈被称为“剧场”，因为她用了太多可能不被“舞蹈”规范的元素，像静止的画面，像声音，像语言，然而，似乎她的创作也不完全被“剧场”规范，她有太多远远溢出“剧场”的元素，还原到最本质的生活，还原到人性，使人深思。相信三月初在台北戏剧院看到高墙倒下的观众，也都看到了碧娜微笑而令人忧伤的眼神。

纵谷歌声

写给巴奈、那布

你说
这是内本鹿十三年
但回家的路还是如此遥远
历史如果让你痛苦
欲哭无泪
我还是耐心等候
听你唱自己部落的歌
像今日雨停之后
升向天空一朵一朵的白云

下雨了

春天的纵谷　总是无预警　下起雨来

槟榔树站在雨中　像一排一排整齐的队伍

还有山坡上　一个接一个垒垒的坟冢

还有水田里　刚刚插好一列一列的秧苗

我的车窗玻璃上有一滴一滴滑下的雨珠

鹭鸶依次飞起降落

明亮洁净的白

像陆续落下的雪片

但是　这里是不会下雪的南方

所以　纵谷的记忆像长长的铁轨

不断在身后消逝

从部落失去的山林猎场

到关山光绪年间的天后宫

从百年的老茄苳树

到日本修建的玉里神社

从客家移民院落腌制的老菜脯

到河南老兵喃喃自语的乡音

我在薯榔染色的苎麻布前细看手工织纹

来来往往　纵横交错
像是古老故事脉络的经纬
线索依然清晰
却因阳光久晒　已经褪色
早已失去可以解读的语法
如果你愿意相信
你失去的母亲的语言
都将是我此后反复吟唱的诗歌
你是否在意　最深的心事　总是不可解读
在许多异族来了又去交替的断层下
还有纵谷的风声一路尾随而来
听不出是爱或是恨
单纯只是一首古老的、没有文字的歌谣吧
你说　这是内本鹿十三年
但回家的路还是如此遥远
历史如果让你痛苦欲哭无泪
我还是耐心等候　听你唱自己部落的歌
像今日雨停之后　升向天空一朵一朵的白云

注：“内本鹿”部落，日治时期被迁村，失去猎场。
那布、巴奈发起族人回家寻根运动，迄今13年。

池上日记

云域

少了非真非假的慨叹咏唱，
历史只剩下
人的粗鄙的聒噪喧哗，
逐渐不安静了。
聒噪喧哗，
不会看懂云
和星空的无限永恒，
也不会懂神话的美丽。

云

从池上到俄罗斯，仿佛是走了一段很遥远的路程。

离开池上的时候是五月下旬，翠绿干净的稻田上总是停着长长一条云，若有事，若无事。

池上的云千变万化，有时候是蓝天上一缕一缕向上轻扬升起的云，像温柔的思绪，像扯开来薄薄的棉花，云淡风轻，让人从心里愉悦起来。有时候整片云狂飙起来，像惊涛骇浪，汹涌澎湃，仿佛可以听到怒吼啸叫的声音，使人肃静。

有时候是云从山峦向下的倾泻，形成壮观的云瀑，从太平洋海岸翻山越岭而来，霎时间纵谷也被云的浪涛淹没。

这一路飞行，窗口看到的也都是云，半醒半梦之间，池上仿佛就在云的后面，一路都是池上各种云的记忆。

地球被分成了许多国家、区域。国家与国家有不可逾越的界限，界限上设置各种武器防卫。像南北韩之间的北纬三十八度线，在原来同一个国家之间，构筑你死我活的界限。

“领空”“领海”“领土”——人类不断占有扩展的欲望如此强烈，要在天空、海洋、土地上贴上国家或政治的标签。

从飞行的高度看下去，不容易看出国家与国家的界限，看不到防卫的界限。层云的后面，常常是山脉起伏，河流蜿蜒，平原辽阔，纵谷丛林交错，一望无际的海洋环抱着小小岛屿，而所谓城市，往往只是暗夜飞行里一片点滴闪烁的灯光。

层云的后面，我不太能分辨国家的领域，也许是越南或柬埔寨，也许是泰国或缅甸，也许是巴基斯坦或印度，也许是科威特或伊朗，也许是亚美尼亚、格鲁吉亚或土耳其——我甚至不太确定，是西亚还是东部欧洲。因为高度，许多人为的界限都模糊不清，海洋回荡，山脉起伏，河流潺潺流淌，平原无边无际，天地自然有它们不被人界定的规则，一条一条大河潺潺缓缓流去，不因为国家的界限停止或转向。

候鸟随季节迁徙，它们飞翔过的空间，大概也与国家无关。它们记忆的是某个山峦湖泊，某个海湾峡角，某个提供它们长途飞行疲倦后可以歇息的小小岛屿吧。

我记忆着池上不同季节各式各样的云，池上油菜花开时到处飞舞的白色小蝴蝶，夏日深藏在荷花蕊中蠕动钻营的蜜蜂，布袋莲粉紫浅黄，蒜香藤搭在墙头的紫红，艳到令人眼睛一亮。

我记忆着茄苳结了一树褐色果实，和苦楝树结的青黄如橄榄的苦楝子不同，我记忆着秋天四处飞扬银白的芒花，入冬后走在大坡池边，沿路落了一地水黄皮紫红的花蕾，五色鸟和水鸭在冬天的池边栖息，莲叶枯了，莲蓬裂开，莲子掉入水泥中在春天发芽。

天空、湖泊、山峦，都是这些小小生命生长来去的地方，偶然看到白鹭鸶为了捕食，也驱赶其他同类，争吵，占领地盘，建立界限，仿佛也有三十八度线的争执。我随云走去四方，池上的云，或轻扬，或惊骇，或愉悦，或沉重，有缘走过，也仿佛只是我向往出走的一次功课吧。

云或许没有领域，池上的云散了，会去了哪里？岛屿的云散了，会去哪里？如同这一路遇到的云，阿富汗的云、伊拉克的云、俄罗斯的云，它们都聚散匆匆，聚在何处？去了哪里？

圣艾克修伯里

《小王子》的作者常常描述他夜航的记忆。他是飞行员，负责欧洲到非洲之间的运输，因为要避开战争，常在夜晚飞行。寂寞的飞行途中，一两个遥远的灯光，让他知道：沙漠或旷野，有人在生活。

《小王子》讲述的是星球与星球间的对话，大象、蛇、玫瑰、狐狸、飞行员，都是自然中的生物，相爱或者相恨，也是自然的相生或相克，与国家的偏见无关。如同池上的蝴蝶和蜂蜜，蒜香藤和布袋莲，茄苳子和苦楝子，云的轻扬或倾泻，只是因为那一天的风或温度，与人的爱恨也无牵扯。

春夏秋冬，池上的季节更替，有生有死，生死看惯，爱恨的纠缠就会少一点吧。生死像是从高一

点的地方看爱恨，界限比较不明显，也无明显你死我活的相爱或相杀了。

因为常常在高空飞行吧，飞到那么高，看不见人为的界限，圣艾克修伯里因此很少谈国家。二战期间，国家与国家的战争，你死我活，每一天都有国与国的拼杀，每一天都有被轰炸的城市，像毕加索的画《格尔尼卡》——断掉的手臂、张大哭号的嘴、死去的婴儿、破裂的灯、嘶叫的马、世界颠倒、鬼神哭嚎。

然而圣艾克修伯里看不见法国，也看不见德国。从高空看，法国不必然是祖国，德国不必然是敌国。没有国与国的界限，孤独者飞行在夜晚的高空，如此寂静，他看到的是一片没有国界的星空，若远若近，寂寞而又环抱着它的温暖的星空。

惨烈的战争快要结束了，夜航的飞行员没有回来，不知他飞去了哪里。记录上是飞机失踪了，我总觉得是圣艾克修伯里不想回来。不想回到有界限的人间，不想回到界限与界限不可逾越的人间，不想回到界限两端彼此憎恨厮杀的人间。他孤独夜航在无边无际的星空，他一直飞行，去了没有国界的神话的领域。

有时候在池上仰望星空，觉得那一点移动的光是他，是夜航者在星空的书写。

夜晚的池上，春末夏初，金星总是最早闪烁，黄昏就出现了，古代东方称为“太白”，也叫“长庚”，在古代希腊，它是维纳斯，爱与美的星宿。

二〇一五年，金星旁边有一颗越来越靠近的星，“也要跟木星合体

了——”躺在田埂上的观星者说。说完他就呼呼大睡，仿佛神话自有爱恨，也与他无关。

池上其实很像是一则神话，没有短浅爱恨的逻辑，没有预期，也没有失望，走在田埂间，春耕秋收，看大坡池的荷花生，荷花枯，想起李义山的“荷叶生时春恨生，荷叶枯时秋恨成”，诗人怅恨，“恨”是心里跟着时间生死的无奈惆怅。日日夜夜，看星空和云的流转，星空是书写，荷花、苦楝子、蝴蝶、云和稻田，也都是书写，无关乎爱恨。

池上的日记写了很多稻田，或许应该有一大段是云的日记，或是星空的日记，但我笨拙，不知道如何书写。

台风前夜，纵谷刮起焚风，快要收割了，农民忧心，这样酷烈的焚风，会让稻谷焦死。还好不多久停了，天空出现紫灰血红的火烧云，华丽灿烂如死亡的诗句，我看呆了，农民自去福德祠前合十谢土地神。

池上有神话的星空，也有神话的云，古希腊为星空命名的时候，历史还没有开始，特洛伊的英雄，看过屠城前的火烧云，像荷马盲人眼里闪过的惊慌。特洛伊的史诗与其说是历史，不如说是神话，特洛伊的英雄也多半还是神话的后裔，像阿基里斯，母亲提着他的脚浸入不死之河，他就有了不死的身躯，只有足踝上留着致命的痕迹。

历史慢慢不好看了，少了神话星空和云的缥缈、虚无、空阔，少了非真非假的慨叹咏唱，历史只剩下人的粗鄙的聒噪喧哗，逐渐不安静了。聒噪喧哗，不会看懂云和星空的无限永恒，也不会懂神话的美丽。

沃罗涅日

好多的云散布在俄罗斯的天空，云的后面看见了广大平原，看见了丛林、河流、山峦，然后才是人类聚居的城市。

我到了沃罗涅日（Voronezh），停留数天，然后转莫斯科。

在沃罗涅日发生了一点意外，改乘火车到莫斯科，火车夜行，大约开了十六个小时。

夜晚上的车，很舒服的卧铺，列车服务人员送来晚餐，一种牛肉和马铃薯熬的浓汤，大概还有甜菜根，红红的，搅在饭里，或者用面包蘸着吃都好。

我喜欢夜晚的火车，要土地够大，才有机会坐长途的夜车。在小小密闭的车厢里躺着，感觉天长

地久。像回到婴儿时的摇篮里，摇晃的节奏韵律，启迪若有若无的声音，关起门来，外面多少事都与你无关的寂寞，都这么好，可以再一次经验许久以前在母亲子宫里身体无所事事的记忆。

我在克孜尔到乌鲁木齐到敦煌有过一次这样的记忆，很大的土地，有时拉开窗帘，偷窥一下外面月光下白雪皑皑连绵不断的山，原来唐诗说的“皓月冷千山”是真的。那个偶然走过的孤独者，看到月光、看到山、看到雪，看到跟自己的孤独一样的空白，他想说：好冷，却随意说到了白白的月光和山上连绵不断的雪。一千年过去，月光和冰雪覆盖的山都没有改变，心里觉得的冷和空白，也还是一样。

沃罗涅日我是不熟的，第一次来。

想到俄罗斯许多小说里的城镇，出发时就带来一本《死屋手记》（The House of the Dead）。陀思妥耶夫斯基是我青年是最耽溺的作家。说“耽溺”是因为常常放不下手吧，《罪与罚》《卡拉马佐夫兄弟》《穷人》《赌徒》《被侮辱与被损害的人》——每一本我都放不下，大概构成了文青时代最基本的生命信仰吧。“信仰”还是“耽溺”？也不十分清楚，那个在遥远地方的陀思妥耶夫斯基，仿佛成长的记忆里都是他的影子。

我去了几次俄罗斯，去了很偏僻的小镇，经过无边无际的广袤大地。人看起来好小，天地广阔，人就这样渺小。天辽地阔，生命自觉卑微，也就谦逊起来了吗？看到革命后的教堂，教堂上的十字架换成了镰刀斧头，结束后又换了回来。十字架曾经是刑具，上面钉着受难者的尸体。当然，很少人想到，革命时镰刀锄头也可以行刑，砍掉或打烂需索异议者的头颅。

▶ 荷花生，荷花枯，只不过是时间的书写，无关爱恨。

我在氤氲着浓烈焚香气味的东正教教堂徘徊，阴暗寒冷，妇人们在地上匍匐，亲吻土地、亲吻教士的脚、亲吻殉道圣人的骨骸罐。我读着革命前年月的书写，托尔斯泰、屠格涅夫、果戈理、普希金、契诃夫，想象着安娜·卡列尼娜、罗亭的时代。他们的苦闷梦想，然而他们多是贵族，知识分子，他们太白皙优雅了。

一直看到《被侮辱与被损害的人》，我才仿佛看到了真正的俄罗斯吧，那些蜷缩在城市酒店一角抖瑟衣不蔽体的老人，呆滞地看着贵族将军官僚，一语不发，仿佛像在祈求一点食物，然而不敢靠近，终究无言。将军看他一眼，也没有轻蔑，也没有怜悯，老人忽然就倒在地上死了。连真正的压迫也看不见，损害和侮辱，仿佛深入在一个阶层的骨髓里，那老人被看一眼就倒地死了。

我一直记得陀思妥耶夫斯基的画面，年轻时耽溺的，隔了三十年，强大的苏联神话一般地解体了。苏维埃，那个应该就是“被侮辱与被损害的人”建立的政权，失去魅力，像老人一样倒地死去，慢慢变成被遗忘的词汇。

苏维埃消失了，我来俄罗斯看什么？如此茫然，只是重读着青年时耽溺的书写，看着后来的社会，只有那看来愚痴妇人卑屈如虫豸的匍匐和亲吻让我记忆起《被侮辱与被损害的人》。

像一种随时准备被践踏的爬虫，她的匍匐和亲吻，都如此贴近土地，高尔基的小说里写到他的祖母，母亲受男人鞭挞，好像也是这样匍匐地上，亲吻男人的脚，甚至不祈求饶恕。

沃罗涅日，我为什么走来这里？为什么在这里读《死屋手记》？为什么在这里想到刚刚离开不久五月池上的稻浪和天空的云？

在沃罗涅日发生一点意外，我上了救护车，陪伴朋友到夜间医院。

小镇的医院，夜晚值班的医生，白白胖胖却对一切似乎厌烦的脸、沉重的眼袋、合不拢的嘴，呆滞地看着自己圆圆短短的手指，好像手指上有他全部的人生寄托。小镇夜间值班医生机械地听取病情、量血压、心跳，让病人躺在手术台上，敲膝盖，翻眼皮。

“昏倒了？”他说。

病人要做进一步检查，已经是凌晨两点，看护被叫醒，像失了魂魄，推着轮椅走过好长好长的走廊，好几个灯都是坏的，像缺了牙笑着的喉咙，我想：也许是《死屋手记》里的手牵着我回来这里吧？

我来过这里吗？很年轻的时候，喝着伏特加，在风中的广场朗诵马雅可夫斯基（Vladimir Mayakovsky）的诗《裤管里的云》，或凝视叶赛宁（Sergei Yesenin）自杀的遗照，他年轻的死亡如此像一朵空中决定要散去的云。

离开池上的时候，记得暮春的白云，低低的，在稻浪的上方，总是拖得很长，从海岸山脉的北端，一直向南，拖到卑南溪出海口的地方。

拉开窗帘，沃罗涅日夜晚的云也是如此。今日的俄罗斯星空却没有池上闪烁。

医生说要到莫斯科做进一步检查，因此安排了第二天乘坐夜车。

我想：十六个小时，除了睡觉，可以再看一次《死屋手记》吧。

▶ 沃罗涅日教堂

死屋手记

火车摇晃的节奏催人熟睡，睡梦里那穿过的大地似乎都还有“死屋”里的魂魄。

陀思妥耶夫斯基是被判流放西伯利亚的政治犯，他大概曾经浪漫地相信过一种无政府的理论，让人活得更像人，让“被侮辱”与“被损害”的人们不会受惊吓就倒地死去吧。他的罪名是组织了这样的读书会，他的故事让我想起上个世纪陈映真的故事，然而陈映真也是我们的岛屿遗忘的名字了。政党如何轮替，陈映真的名字都不会被提起，他在上个世纪的书写《我的弟弟康雄》《将军族》《山路》没人阅读了，他的服刑也像一个虚无可笑的神话，神话说着说着就会离题，神话中的“侮辱”与“损害”也只是英雄自己的悲剧，仿佛与现实无关。

▶ 莫斯科美术馆藏《陀思妥耶夫斯基像》。

这是陈映真和陀思妥耶夫斯基的悲剧吗？

夜车隆隆，受伤的朋友沉睡打鼾，我放心了，又回到《死屋手记》。

书写者流放期间认识了形形色色的罪犯，犯罪和荒谬的纠缠，律法从没有过真正的“被侮辱者”与“被损害者”的声音。他们被判流刑、服苦役，有的每日大声念诵福音书，服刑是对生命的救赎，与正义无关。有的被鞭打凌虐时一声不吭。他们是来修行的，比判他们有罪的律师法官陪审团更有修行的缘分，陀思妥耶夫斯基书写人类的罪和赎罪——书写者不像是在书写，文学显得卑劣，如果文学只是窥探人性，借以沾沾自喜，书写意义何在？

“死屋”的书写更像赎罪的书，像妇人匍匐在地上，一切都比自己的存在高，他不断问自己：可以再低卑一点吗？俯伏在地上，亲吻一切可亲吻的，土地、尘埃、教士的脚、圣人骨骸罐，仿佛只剩下亲吻可以救赎自己，那是我青年时迷恋耽溺的陀思妥耶夫斯基吗？

流放、苦役、酷刑、凌虐与无时不在的屈辱，死亡这么近，就在下一秒钟，而那时，若还有信仰，会是什么样的信仰？

是不是因为苦难，人们才懂得彼此依靠？

我们以为自己有爱的渴望，我们常常忘了我们也有恨的渴望。

在灾难里彼此靠近，在受苦时彼此抚慰鼓励，在寒冷时彼此依偎取暖，像“死屋”里的流刑犯，在死亡前彼此的依赖，足踝摩擦受伤，为脚铐裹上软布，偷藏一点食物，留给鞭打后监禁的受刑者——“死屋”里可以看到各式各样的“爱”，大多是处境不是最差的刑徒对酷刑受虐者的爱。

“死屋”里也有形形色色的恨，作者无以名之，是他看到最幸灾乐祸的举报告发，看到别人被打碎踝骨惨叫的快乐，听到他人受鞭刑时求饶的莫名快乐。

一次流放、一次死刑、一次赦免，走在漫漫长途坎坷崎岖的路上，书写者观看凝视人的种种表情与行为，他想到的绝不只是文学吧？他的书写像巨细靡遗的病例，爱的或恨的病例。没有救赎，没有结局，人在称为爱或恨的遐想中陶醉，终究是绝望的，救赎是空想，信仰也是空想。

《死屋手记》的最后，书写者刑期结束，他很仔细描写常年戴在脚踝上的镣铐，如何被铁匠细心打开，沉重的铁圈松开，从足踝上掉落，连声响也没有。

我为何会在沃罗涅日重读《死屋手记》？为何在一班长途的夜车上想象自己浮在池上的云端，没有目的，不知道要去哪里？

到了莫斯科，在国家美术馆看到鲁布列夫（Andrei Rublev）画的《三位一体》，东正教的圣父、圣子、圣灵坐在一起，无所事事，大病初愈。我的朋友说：他们好像在喝下午茶。

▶ 池上的云散了，会去哪里？岛屿的云散了，又会去哪里？

我看过塔可夫斯基拍摄的鲁布列夫传记电影，宗教屠杀、族群屠杀、阶级屠杀，难以想象的残酷的时代。然而，俄罗斯最伟大的画家鲁布列夫，躲在教堂里，画着无所事事的下午茶的宁静祥和。

文明的美，只是在惨绝人寰的时刻，还相信一次下午茶的宁谧幸福吗？

美术馆里也有陀思妥耶夫斯基的画像。我喜欢关于陀思妥耶夫斯基的一个故事。他写小说很快，有人以为他是天才。他长期沉迷赌博，《赌徒》一书几乎是自传。他豪赌输钱，欠了赌债，只好跟出版社签约，预支稿费还债，限期交稿，他就没日没夜地写，怕困倦睡着，就站在桌边写。

这不像是鼓励文青写作的好例子，文学系学院里很难相信这样的书写方式。但我相信迷人的书写者确实如此，陀思妥耶夫斯基或许宁愿是一名赌徒，“在生命的赌桌上，我一定输完了才走。”青年时写过一句诗给他，我还是相信：赌桌上，他总是孤注一掷，总是输。输了再想办法去还，办法之一是写小说赚稿费，拿到稿费，他还是去赌。没有赌，没有孤注一掷，没有他的文学。

我在广大的俄罗斯看天空的云舒卷，想念起大坡池天空山头的云，时时来水面徘徊，看自己水中的倒影。

▶ 鲁布列夫《三位一体》。

流浪归来——写给流浪者

旺霖、欣泽、榆钧、耿祯

那时
老年的我
看着你们归来
满足喜悦
仿佛也随你们
走去了天涯海角
在天涯海角想念起故乡
便又不约而同回到了岛屿
在池上相聚

那时，老年的我
看着你们归来，满足喜悦
仿佛也随你们走去了天涯海角
在天涯海角想念起故乡
便又不约而同回到了岛屿，在池上相聚

你们流浪归来了吗？
从中国西藏、从陕北、从印度、从土耳其
带着转山的信徒三步一跪的虔敬谦卑
带着古老天竺悠扬缠绕如长河的西塔琴声
带着向波兰诗人辛波丝卡致敬的新歌
带着你在酷寒荒凉黄土高原窑洞口看到的红色窗花

二十岁，可以流浪去很远很远的地方
二十岁，在恒河的源头哭泣自己濒临死亡的恐惧
二十岁，看盘旋的兀鹰等待着把死者的灵魂带上天空
二十岁，可以走到很远，远到突然想念起新生女儿睡梦中的笑容
二十岁，你也曾经害怕吗？
在阿公弥留的窗口，看见肉身飞起如一片剪纸
别人叫你旺霖、欣泽
别人叫你榆钧、耿祯
你笑一笑，想起流浪途中遗失的手机
透过云端继续传来它移动的每一个位置

所以，知道自己回来了
从远方的流浪回来
从二十岁率性的孤独回来
回到这小小的岛屿，书写、弹琴，或击鼓高歌
在公馆大学附近的小酒吧唱自己的歌
剪出一千零一张美丽的图画，像《天方夜谭》宫殿里的美丽女子
每一个故事都在黎明曙光乍现时突然结束
有时误喝含酒精的饮料，趴在吧台上沉沉睡去
有时在监狱聆听一名囚犯温柔善良的故事

五月二十七日在富里，在“边界·花东”
算不算流浪归来我为你们准备的盛宴
有纵谷清晨初日般清新的桂竹笋
有六十石山初夏新开的金针花
在龙仔尾农民的老古厝
第一期稻作即将收割
你们在池上初中为少年讲述流浪的故事
你们远行归来的歌让海端部落的孩子落泪

所以，会有一本旺霖的新书在岛屿上被阅读
会有欣泽葛玛兰流浪到花莲一路乞食的新歌
会有榆钧弹着吉他说一代一代的梦想与希望
会有耿祯的剪纸，如同岛屿一季一季不断的新花绽放

那时，老年的我，看着你们归来，满足喜悦
仿佛也随你们走去了天涯海角
在天涯海角想念起故乡
便又不约而同回到了岛屿，在池上相聚
在初夏的星空下喝酒
在空的酒瓶中放进各自书写的心事
酒瓶埋进土中
相约五年后再来，看心事是否已经发芽

序

二〇〇四年林怀民以所得“行政院”文化奖奖金，成立“流浪者计划”，资助青年创作者以简朴方式流浪，在孤独行旅中思考自己，认识世界。流浪者计划已满十周年，许多青年创作者流浪归来，在各个领域完成自己的梦想，走向学校，走向乡镇，走向监狱，和大众分享流浪经验。

二〇一五年五月下旬，四位流浪者谢旺霖、吴欣泽、王榆钧、吴耿祯应邀池上驻村，在龙仔尾一号农民古厝排练合作，于五月二十七日下午在池上初中为学生演出，分享他们的文学书写、流浪叙事，他们的歌声与装置美术。十年间，从二十岁的流浪者，茁壮成各个领域杰出的创作者，他们的梦想，他们出走壮游的勇气与豪情都使下一代少年深深有所领悟吧。在池上与四位流浪者相处数日，怀念他们的认真，怀念他们对土地的爱，对生命的诚挚，听他们娓娓道来流浪的故事，因此赋诗纪念。

谢旺霖

第一届流浪者，二〇〇四年十月，从云南单骑到西藏拉萨，学习孤独与贫穷，并以文字和影像记录当地人的信仰及生活。因为流浪，开始迈出文字创作的生涯。著有《转山》。目前为专职文字工作者，近年仍四处漂泊，主要足迹在淡水和印度恒河流域，正着手书写独自徒步，从恒河出海口上溯到喜马拉雅山脉上寻找河流源头的故事。

吴欣泽

第一届流浪者，二〇〇五年一月，到印度瓦拉纳西，学习世界音乐歌谣的融合与再造，及古印度西塔琴的演奏。目前为专职西塔琴吟游歌者，为西尤之岛融合乐团总监，专注世界音乐融合创作与推行，近年演出足迹，遍布全台三分之二乡镇（含外岛）。

王榆钧

第七届流浪者。二〇一一年冬，赴土耳其伊斯坦布尔，学习乌德琴，亦走访认识当地歌谣。目前为音乐创作者、歌者，持续在诗歌、戏剧、表演艺术的领域探索。其背着吉他吟唱的身影，偶现于城市巷弄的小酒吧，各诗歌节与文艺活动。二〇一四年，王榆钧与“时间乐队”推出演唱专辑《颓圯花园》，秋季在文化艺术基金会的海外艺游专案资助下，前往巴黎，拜访叙利亚诗人 Adonis，开启新的诗歌创作计划，期盼能将自己的歌声融入微风之中。

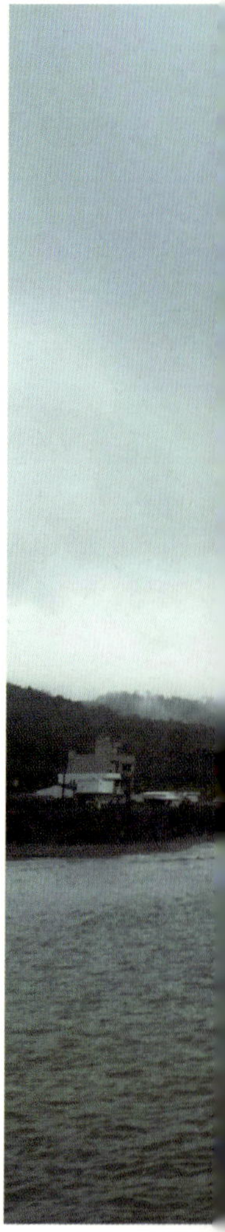

吴耿祯

第二届流浪者，二〇〇六年，前往陕北，探访黄土高原民间艺术，学习剪纸文化。目前专职艺术创作，主要以剪纸为媒材，不断为剪纸艺术拓殖新领域、再造新生命，也从事剧场舞台设计。近年，屡获国际艺术中心驻村计划邀请，在巴黎、纽约驻村，并于多国城市举办展览，作品曾获 LV 艺术征件首奖、Hermès 典藏、台新艺术奖大展等。下一步计划将赴南美，探访当地民间艺术。

左：《空间》右：《太初》

无所从来，亦无所去

董乃仁 / Nick Dong / 董承濂与《悟场》

在那一时刻，
时间在变化，
空间在变化，
自己的生命也在变化。
沉思、冥想与回忆，
或许都只是假设，
因为谦卑，
才可能领悟一点真实吧。

董乃仁是东海美术系第十届的学生，也是我最后指导创作的学生之一。我们在学校叫他小名阿内，或是 Nick，毕业以后他改名为承濂，去美国俄勒冈大学专攻金属工艺。近几年在旧金山成立 Studio Dong 艺术工作室，经常在欧美有各种类型的展出，二〇一二年入选美国“40 Under 40”，四十位四十岁以下优秀的未来工艺创作者（future crafts），在史密森尼美国艺术博物馆（Smithsonian American Art Museum）展出最新创作《悟场》（En-Lightening），这一件作品在二〇一五年从八月开始在台中亚洲大学美术馆展出半年。

东海美术系成立在一九八四年，比起其他美术系是比较晚创立的美术系。我不擅行政，接下创系的工作，主要是当时楚戈罹患鼻咽癌，他很希望我替他接下行政创系，尝试擘画一个不一样的美术系课程。我们有共同对“美”“术”的理想，希望不再重蹈只重术科分组的错误，不再重复训练“匠”的错误。我们都盼望，试图以美学为核心设计课程，强调创作的人文内涵。术科的课程，各种“技术”，应该只是辅助，油画是技术，水墨是技术，素描是技术，版画、书法、篆刻、雕塑、装置、录影，所有美术系的“术科”都只训练技术，但“术”无法成就真正个人的创作，无法成就人文精神，无法成就美学品质。

在所有术科之上，应该有更高的美学精神来统合一切技术。技术失去美学，也就是“匠”，而且是没有创意的“匠”。照着莫奈的技术画油画，和照着一再临摹的《兰亭序》写书法，只是初学者的入门，以此为终极追求，只会出来一批一批同样没有创意的“匠”，西画的“匠”，或文人画的“匠”。

美，毕竟是要回来做真实的自己。莫奈，或《兰亭序》，都必须大胆踏过，才有真正的创作。

回忆董承濂进东海美术系，未满二十岁，他由师大附中美术实验班毕业，素描的底子极好。素描是文艺复兴以来欧洲绘画训练的基础，但发展成学院必修的基本课程，逐渐变成保守的形式主义。好的素描应该并不只是外在形式的“像”，不只是相貌一成不变的执着。好的素描不只是手的技术训练，而更在于视觉观察的敏锐与包容吧，同样必须要打开心灵美学的视野。古人所云“贵眼不贵手”，“贵心不贵眼”，有同样的意思，只有“手”的技术，只有“眼”的观察，不能入于心灵，没有美学向往，还是不够的。

承濂的素描精细中有他独特的温和安静，他专注于细节笔触，创作时一无旁骛，无论篆刻、书法、版画，都和他的素描有统一的调性。艺术的修行，或许通于人的修行吧。承濂使用不同类别媒材，都风格一致，创作的风格也就呈现了人的风格。胡兰成先生有次说某人书法“人鄙吝，书法也鄙吝”，人猜疑、忌妒、小气，书法自然也没有恢宏格局，他说的也是艺术创作的“风格”通于“人格”，不能勉强吧。

承濂在大学时术科的书法、篆刻都朴拙安静，书法写《泰山金刚经》刻石，浑厚静穆，有修行者的虔敬，篆刻他是初学，为我刻了“舍得”“舍不得”两方印，字体也不摹拟古人，却有一种谦逊自在，比许多刻印自大的名家更内敛自制，我当时想，人的才气或许没有太大差别，人的品格、人的精神向往、内在气质却真似乎有宿慧。

有次闲聊，他谈起父母是密宗的信仰者，因此自幼常去道场，随大人静坐礼佛，长辈都戏称他“小金刚”。

大三专业分工以后，承濂对金属工艺产生兴趣，在银或铜的材质里寻找各种可能性。他的毕业制作由我指导，在长达一年之间，他锻敲许多红铜片，连接成巨型蛹状的形体，装置在东海牧场一带的土丘中。红褐色起伏的土丘，红赭色的铜片构成的攀爬或蛰伏的蚕蛹，远看不显眼，但仿佛洪荒里蛰伏生命初始的蠕动，安静而持续，有顽强却不喧哗的生命力度。那一组作品后来从东海校园移转装置到阳明山上近金山的某处山间，在岩石与绿草丛间，铜片也因风雨沁蚀，出现斑驳绿锈，洪荒初始，有了岁月的记忆。承濂青年时对生命在时间与空间里存在的关心一直延续到今日的创作中，展出的作品也有探讨这一类议题的《太初》（Singularity）和《时间》（Time）。

这几年承濂对金属工艺的兴趣已经不局限在材料本身，他自幼学过小提琴，对声音很敏感，他也一直着迷于宇宙天文星体的奥秘，着迷于物体

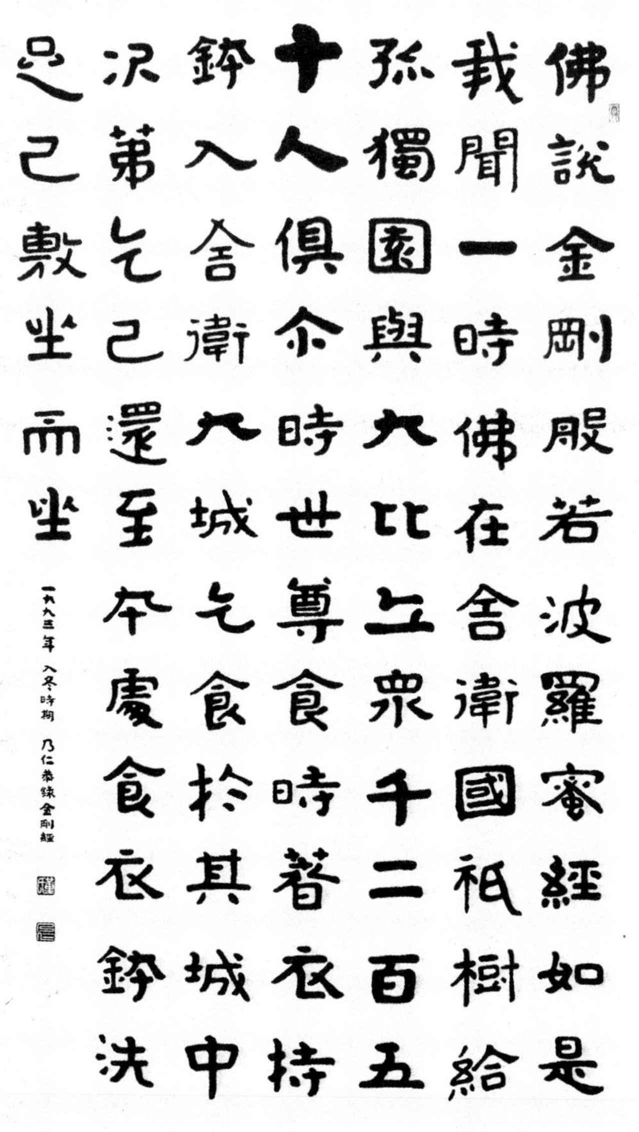
佛說金剛般若波羅蜜經如是
我聞一時佛在舍衛國祇樹給
孤獨園與大比丘衆千二百五
十人俱尒時世尊食時著衣持
鉢入舍衛大城乞食於其城中
次第乞已還至本處食衣鉢洗
足已敷坐而坐
一九九三年 入冬時節 乃仁恭錄金剛經

▶《泰山金刚经》

引力与漂浮的物理现象，他近期的作品大量试探与现代科技结合，成为综合磁力悬浮，声音与光的多重装置。

二〇一四年在台北的展出，以磁悬浮动力运转的五组金属球体，像宇宙间星体的秩序，安静地互动着，靠近或离开，吸引或排斥，仿佛不可见的《黑洞》《白洞》冥冥中因果的轨道，自有牵引，不生不灭。

美术中“术”的训练承濂陆续专注而认真地练习，素描、书法、油画、篆刻、金工，但在进入四十岁前后，他所学习的“术”都必须归向一致的美学核心。那有点像他近期作品对宇宙银河系星体的探讨，他仿佛寻找着浩瀚宇宙间不可知的秩序，那些星球与星球间的牵引运转，是什么样的力量在维持？引力之间有一定因果吗？他在作品里询问着，探索着。“遂古之初，谁传道之？”“上下未形，何由考之？”想起在承濂大二时上中国美术谈到空间不可知的上下秩序，两千年前屈原对茫昧宇宙的发问，仿佛也是一个年轻生命到四十岁在作品里一直继续探问下去的宇宙本质。

人类的确知道如此有限，因为自大，就被无明蒙蔽，因为谦逊，或许才会看到更多真相。

前两年承濂从旧金山北上，跟我在温哥华会合，到惠斯勒的冰原高处看那年难得一见的狮子座流星雨。夏季八月的夜空，裹着毛毯，在阒暗的旷野里看大片星辰陨落，宇宙的美，使人惊叹，使人错愕，使人感伤，如此挥霍，却仍然只是不增不减。那一天我们谈到《金刚经》，正是他二十岁书写过的句子：“如来者，无所从来，亦无所去——”他天真地说：“所以‘如来’并不是佛殿上那一尊像——”

从二〇一五年八月开始，承濂在亚洲大学现代美术馆有十件作品展出，大概总结了他近几年系列性思考的宇宙现象和生命现象，像《引力》（Gravity），像《空间》（Space），像《关于永远》（about Forever），可能是西文希腊亘古哲人的物理学探问，也可能是屈原的《天问》，当然也可能是印度恒河岸边探索生命者的“无所从来，亦无所去”。现代创作者，其实不只来往于各种材质，无所拘束，其实也自由来往于古今中外，没有民族或国家的界限。

展出的《引力》，是旋转黑色广场，磁悬浮于一平面上，平面随广场重力凹陷变化，使我想起探索外太空星球者的脚，踏上无重力的空间，我们要如何界定自己肉身的重量？如何界定一根羽毛与一片落叶的重量？一声叹息的重量？

经过抛光处理的金属球，以磁悬浮方式在虚空中运转，上升或下沉，靠近或离开，华丽而又孤寂，像天空星辰，也像我们生命的际遇。

叫作《时间》的旋转沙漏造型，用玻璃纤维构成，画满超现实素描，悬浮在木制基座中，因为没有附着的上下点，更像时间无始无终的轮回。最近的作品，他开始把自己长期训练的素描绘画在立体的大型雕塑上，像《关于永远》，三公尺直径的旋转动力雕塑，装置着十八扇叶片，叶片翻转，画中地平线也跟着翻转，马赛克镜片闪现创作者的素描，仿佛人的创作，在永恒时间里，或许也只是瞬间的存在，然而，朝日或夕阳，潮汐或沧海桑田，何尝不是“瞬间”？

我看到一组作品，题名是《不思议片刻》（Divine Moments），一张古旧的木制摇椅，在空间里仿佛可以静静摇晃，是沉思的时间，是回忆的时间，是冥想自己和宇宙的时间，在摇椅上是三件磁力悬浮的物件，像变形的蛹，像还在探索自身形状的生命，探索着，思维着，可以是这样吗？或是还有其他可能？“不应以三十二相观如来”，所有的“相”，都还在演变中，都在变化，不是最后定论，在那一时刻，时间在变化，空间在变化，自己的生命也在变化。沉思、冥想与回忆，或许都只是假设，因为谦卑，才可能领悟一点真实吧。

我问承濂这件作品的创作思考，他说是二〇一四年回台湾展览，偶然的机会跟家人去道场，随信众静坐，刹那间感觉到自己身体内的变化，感觉到时间与空间跟自己的对话，感觉到身体里许多空间的变化，感觉到光，感觉到声音，一个神秘而又如此真实的世界。一张木制的老旧椅子，三个磁悬浮的现代物件，有了不可知的因果，有了与创作者对话的因果。

艺术创作是一种漫长的修行，修行有宿慧，也有机缘，承濂坐在自己装置的许多磁片构成的空间中，冥想、静坐，他或许也向往自己的身体可以无重力，可以悬浮，可以更自由出入于不同的时间与空间，可以跟宇宙对话，可能是“磁场”也可能是“领悟的道场”。在时间之流中，恒河的沙，无数、无量、无边的虚空，这肉身会轮转成不同的肉身，曾经在某一星体，也会再去往某一还未曾知悉的星体，“无所从来，亦无所去”。

▶《不思议片刻》

池上日记

烧田

大火熊熊，
沿着稻秆噼啪燃烧，
像燃起爆竹，
一堆一堆的黑烟飞腾而起，
不多久就看到田里
留下一道一道粗犷焦黑的痕迹，
像极了颜真卿的墨色，
像极了他力透纸背宽阔沉重的线条。

叶云忠

现代的农家多用机器插秧收割了，只有少部分畸零角落的稻田，大型收割机不好运作，才用人力收割。

二〇一三年秋收时，我曾经跟云门的舞者一起下田，拿镰刀学习用传统方式收割。大约清晨五点不到，安排好的卡车就到我们住的大地饭店门口来接人了。

舞者的作息是晚上表演，因此早上都起得很晚。一大早被挖起床，违反惯常的身体生理时钟，一个个睡眼惺忪。努力爬上两人多高的大卡车，舞者自己也觉得身体有点笨拙吧。他们的劳动是在舞台上，然而这一天他们要学习农民土地里的劳动。

提供稻田的农民是叶云忠，夫妇俩都在卡车旁帮忙舞者，学会如何先一脚踩在车轮边沿，脚一蹬，另一只脚跨越围板，利落翻进卡车内。

天还未大亮，卡车在稻田间行走，熹微的光线里，天上还闪着未沉落的几颗稀疏晨星，风里吹来一阵一阵浓郁的稻香。在池上住了一段时间，大概也就会熟悉纵谷不同季节稻田的气息。稻花开时的愉悦的香，和稻穗抽长时安静的香，以及谷粒饱满时像闷饭般幸福满足的米香，都不太一样。

我闭了一下眼睛，秋深清晨的风里，感觉到嗅觉中满满都是沉甸甸的米谷香，这是丰收的气味吧，在土地里耕作一年的农民，或许更熟悉这里满足的气味记忆。

不同季节的稻田有不同的颜色，从青而黄，金黄之后，饱熟的稻谷泛出一种琥珀色的红光，很像黎明时初初露出的朝阳饱满而含蓄的金红。

到了叶云忠的稻田，大家翻下卡车，利落很多，好像已经开始熟悉了另一种劳动的身体。

叶云忠的田，我散步时常经过。池上每一块稻田旁都立有木牌，上面写着耕种者的名字，耕种面积，巡田时间，获奖记录，栽培的心得，以及 ISO 国际认证的编号，这是品牌的保证，也是池上优质稻米背后经营的坚持。

张天助

负责这一天手工收割教学的是农民张天助。他的田我也常常走过，也有一块木牌，还做了一个弹吉他的人像，自弹自唱，约略可以知道他的乐天达观。张天助，有人叫他张天师，有人叫他张大哥。热心参与地方的公益活动，是台湾好基金会最死忠的义工。

张天助已经是祖父了，谈起孙女就笑呵呵的，不知道如何形容心中的欢喜。我也喜欢他的妻子天助嫂，天助嫂平日在池上的卫生局上班，是外地嫁来池上的媳妇。她跟天助一样开心，常常听她说结婚来池上以后多么快乐，她的口头禅是："天助我也——"老夫老妻，在这样天长地久的田土地中，有这样的惺惺相惜。

天助嫂在卫生所工作四十年，到现在还在为地方的医疗努力。一次她陪同乐龄画班去台北，一车厢都是八九十岁老人家，每星期四聚在一起画画，到了这个年龄，人生什么事都经验过了，拿起笔来画画，毫无困难，跟都会里一头一脸艺术家气味苦闷十足的画家不太一样。

老人家在车厢里聊天，看风景，也像孩子初次远游，要去见识大都市繁华，还要展示他们自己的画作，可以想见那种开心。

天助嫂坐在我旁边，偷偷告诉我，她很紧张，都是过八十岁的人，平时在池上早起早睡，空气好、米好、人情好，没有情绪起伏。她担心老人家过度兴奋，要在台北三天两夜，还要签书义卖，"'总统'夫人也要来——"她一一叙述，我了解她一个人陪同几十个老人家心里的压力了，但她收尾时照常哈哈一笑说："天助我也——"

脚踏在土地里生活的人，都如此踏实豁达乐天吗？我不知道，那一天车厢对谈，我也从天助嫂口中知道偏乡医疗的困境。池上没有医院，检查设备不足，有乡民经过癌症筛检，有初期迹象，要安排车辆去玉里再做进一步检测，需要调车，需要有义工帮忙开车，天助如果田里不忙，这义工当然又是他，"天助我也"好像就不只是口头禅，也是很具体的现实了。

但是从天助嫂口中得知，似乎筛检出癌症可能的病患，也有许多不愿意去玉里来回检测折腾，他们好像相信自然生活给他们的健康。有所得，或许也有所失吧，池上过九十以上健康的老人比比皆是，大自然生活条件的富裕，医疗资源的贫乏，在这不到一万人口的乡镇似乎形成一种矛盾。

张天助日常就负责一些乡公所的案子，远地来的游客，如果不是匆匆来去，走马观花（应该说：观金城武树），愿意多停留几天，用比较学习的心情认识纵谷或池上，张天助就负责带一组一组的人去田里实际体验割稻。

观光的旅游已经是全世界的灾难，观光，好像变成是用最浮浅的方式速食一个地方的自然、景观、文化。速食使人的健康一再发生病变，一些反省性强的城市国家已经努力推动“慢食”。但是只有吃东西慢，其实没有用。人类文明的“慢”，是从农业之后才体认到的心情。不到一万年的时间，在美索不达米亚两条大河之间，在尼罗河狭长的河谷地，在广阔的黄河和长江流域，陆续发展了农业。农业是人学会了把一粒种子放进土里，要耐心等待这一粒种子发芽、成长、开花、结果。种子在春天放进土里，可能要经历一整个夏季，到秋天才能收获。农业文明因此了解了季节变化，了解了晴雨寒暖，了解了日出日落，了解了星辰流转，农业，过了剽悍的游牧狩猎时代，是安静下来，学会了尊重自然秩序，学会了漫长的等待。

《孟子》书里的“揠苗助长”是在嘲笑农业时代性格急躁的人，把秧苗拔一拔、提一提，想要提前加速秧苗成长，提早收获。那是两千年前的笑话，但是今天有多少商业急躁的贪婪，用激素、膨胀剂、各种化学药品加速动植物生长，这其实一样是在做“揠苗助长”荒谬可笑的事吧。数千年的农业文明，是学习尊重了自然的秩序，“春耕”“秋收”，台湾好基金会在池上长达六七年的活动，也是跟农民学习重新找回自然秩序。所以“春耕”“秋收”是城市的居民回头向池上土地中劳作的农民学习尊重自然秩序吧。

土地里耕作的农民，总结出“春分”“秋分”，哪一天之后，是白日愈来愈长，或哪一天之后，是白日愈来愈短，农业文明如此清楚。工业革命之后，人类远离土地，远离自然，记忆秩序才开始混乱。

住进池上之后，我也学习更贴近自然二十四节气的变化，什么时候“惊蛰”，什么时候“雨水”，什么时候“芒种”，什么时候“白露”或“霜降”？

原来抽象而有一点文人诗意的节气名称，其实或许是农民数千年口耳相传的土地和季节的具体真实记忆吧。

农民的语言大多不抽象，像张天助喜欢站在收割的稻穗前说：谷粒愈饱满，愈重，愈低垂，愈靠近土地，愈谦卑。

这是我整理的张天助的话，原来的语言更朴拙结巴，更没有章法，文人常觉得不能，但大众更容易懂，也更容易体会。

张天助有土地里劳动者的宽厚肩膊，一双粗糙结茧的大手，他和人握手和拥抱都紧实有力，让初次经验到的人喘不过气。

那一次随云门学习的收割，是纯粹传统手工的经验。左手抓一束稻秆，右手下刀。镰刀的角度、力度慢慢都可以学习到。一束一束割下来的稻穗再由舞者学习在打谷机飞动的轴轮里脱壳。这些体验纯粹只是对传统劳动的记忆，现在的农耕都改用机械化了，收割机很快收完一块田的稻穗，打谷也用机器，送去烘干，一包一包放在有恒温恒湿的仓库储存。

田里的体验大约三小时，舞者休息的时候，蹲坐在田垄边吃米苔目，收割机收拾残局，在田地上快速移动，后面跟着一群白鹭鸶，借此机会抢食土地里被惊动窜出的虫，大快朵颐。

▶ 脚踏在土地里生活的人，踏实、豁达、乐天。

烧田

我习惯了在纵谷来来去去了，三个多小时的车程，如果从台北出发，常常从松山就直达宜兰。如果是早班车，上车后补一小时睡眠，期待着过了隧道，在崇山峻岭背后就看到了海，陡峭直立的悬崖，和一望无边无际的海，我就坐直了，不想再睡。

秋天冬天的海，有时是灰色的，灰色的天空和云，灰色的波涛，灰灰的沙滩，连蹲在灰色沙滩上偶尔的一个闲散的人也灰灰的。东北季风吹起来，岛屿东北角的风景，灰色里显得寒凉萧条，总让我想起陈映真早期的小说《第一件差事》里自杀的警员，或《哦！苏珊娜》里胸脯有皂香气味的摩门教徒。

土地的记忆，没有什么原因，好像走过了一条路，身体上就有了那一条路的气味、温度、色彩、光线，好像那一群白鹭鸶，知道收割机声音响起，就尾随而来，叨食机械车辙后面翻起的土中窜动的虫。

我们曾经逃离过这些层层叠叠密密记忆的网罗吗？

过了凤林、瑞穗，纵谷的风景愈来愈明显。

如果从北向南行驶，我的左手边是海岸山脉，我的右手边是中央山脉。夹在两条山脉之间一条狭长的土地就是纵谷。熟悉以后，不像跟同行的朋友解说海岸山脉如何受板块挤压隆起，中央山脉到了玉里一带如何像神一般壮观巨大，我的身体好像一边是海岸山脉，一边是中央山脉，我的身体和岛屿有了相同的记忆。

我大概知道过了寿丰、光复，玉里是大站，很多人会上下车，有时我也在这里下车，转去附近的安通泡温泉，或有人接我，走玉长公路到长滨，看一看太平洋的波澜壮阔。或者，车窗外偶尔一瞥，看见小小的月台，小小的站名“东竹”，快速的火车多不停靠了，这小小车站的旅客就要从别处等区间慢车转过来，月台上因此总是空无一人。

纵谷许多有历史的车站被拆除了，改建成粗糙、大而无当的新的车站，只有一些被遗忘的小车站还留着记忆。经过东竹，我想：有时被遗忘或许真是幸运。

车窗外，快速闪过入冬的纵谷。大片大片收割后的荒旱田地，田地中留着粗粗硬硬的稻秆，安静、坚毅、强悍，和收割前的景象如此不同。

这也是纵谷游客少的季节，“收割以后，或许没有风景可看了吧？”常常听到朋友这样询问。

我却深爱入冬后收割了的纵谷风景，是很沉默无言的原始裸露土地的力量，是扎扎实实稻秆在土地里屹立不摇的力量，长风一路吹来，在大山间呼啸，土地和稻秆都不言不语。

有时候会看到农民烧田，田里飞扬起火焰和野烟。大火熊熊，沿着稻秆噼啪燃烧，像燃起爆竹，一堆一堆的黑烟飞腾而起，但很快就在大风中散去，不多久就看到田里留下一道一道粗犷焦黑的痕迹，像极了颜真卿的墨色，像极了他力透纸背宽阔沉重的线条，像极了他的《裴将军诗帖》里纵横开阖的力量。

我对烧田的事不熟，童年在台北近郊看过，腾空而起的野烟，稻秆燃烧干燥的热烈的气味，记忆很深。近几年，烧田的景象在都会区看不见了，有朋友告诉我烧田造成霾害，污染空气，已经有法令禁止，农民烧田会有罚款。但是为什么在纵谷还有烧田？我询问了池上的梁正贤，一般人称他梁大哥，梁大哥在池上务农半世纪，他是道地土地里生活的人，也一生带起池上的护乡爱乡的工作，我总是从他那里得到许多对土地的认识。

他大约告诉我烧田是传统土地利用的资源回收的方式，稻秆烧成灰，是最好的肥料，来自于土地，回归于土地。但是人口密集之后，烧田造成霾害，空气污染，的确是问题，因此有了禁令罚款，他也告诉我一期稻作收割，到二期稻作插秧，时间很短，来不及打碎稻秆，来不及把稻秆翻在土里腐化成肥料，因此虽然有罚款，有些农民还是采用传统烧田的方式。

岛屿西岸严重的霾害问题，不断发生“紫爆”警讯。东部的PM2.5检测通常还是比西岸好很多，居民因此或许还没有切身之痛。烧田在禁令与违法之间还有暧昧，除了烧田，如何痛定思痛，减少机车、汽车、火力发电，一切能源消耗造成的空污后果，会不会是岛屿应该全面检讨的迫切课题了？

▶ 土地、稻秆，安静、坚毅、强悍，和收割前的景象如此不同。

翻土

梁正贤先生捐出了老谷仓，由台湾好基金会委托建筑师陈冠华，带领元智建筑科系学生正在规划整建，二〇一六年十月可以完工，作为池上第一所老谷仓改建的美术馆。陈冠华在东海岸有长达近三十年的规划民宿建筑经验，他尊重自然，尊重原有居民的生活秩序，不把建筑师的个人主观强加在设计之中。他带领有理想的建筑青年，对抗恶质的建筑商业操作模式，一次一次和池上当地居民沟通，一起办桌，一起生活，从当地居民口中重建一个废弃谷仓的历史记忆。

谷仓不是一个建筑师的设计，谷仓是一个地方居民赖以维生的重要符号。不同年龄的居民，从五十年前、四十年前、三十年前、二十年前，慢慢积累起谷仓的回忆。这些回忆加起来才是谷仓转型成为美术馆的基础，建筑师没有权力抹杀居民记忆，没有权力离开这些居民的记忆强加一个符号给当地居民。

岛屿上许多建筑突兀霸道，像许多纵谷车站的改建，造成历史记忆的断裂混乱，然而池上将重建记忆，从谷仓的改建开始，也如同池上人李香谊刚出版的书——《看见池上，看见时代》。

我跟作者李香谊还没见面。这本口述历史十月由池上乡公所出版，有乡长张尧城写的序。

书里用口述历史的方式访问记录了池上十三个人物的故事，第一篇就是李香谊的阿公，近九十岁的李启容。

我慢慢读着故事，知道是在池上街上常常遇到的老人家。他们到了九十岁，身上都记录着岛屿历史。李启容诞生在日本殖民时代，在日本拓南炼油厂当技师，参加了日军在印尼的战争，看到台湾兵如何身上绑着炸药被命令去卧在美军坦克下做人肉炸弹。我读着，和李香谊一起学习池上的历史，学习岛屿的历史，教科书上没有的历史。李香谊十六岁离开池上，在德国学习，在欧洲学习城乡与区域发展。她回池上了，重新用口述历史建构自己的记忆，也帮助外来的人用这样的方式认识池上。

李启容和池上许多现在居民一样，也是外地迁入的移民，二战后他被遣返台湾，从云林斗六移居池上，放弃炼油厂工作，在池上骑着单车卖酱菜，建立东和酱园，重新开始新的生活。

李香谊的这本书没有文学作者的主观偏见，没有知识分子常摆脱不掉的傲慢，平铺直叙，使人可以真正阅读到池上的历史，阅读到岛屿的历史。更难能可贵，这本书由李香谊带领池上儿童一起做口述历史，父祖辈有了记忆的联系。

池上文字书写有李香谊，建筑上有陈冠华和元智的学生，他们都以当地居民的记忆为基础，重建当地的历史。

收割以后，池上的田地有真正土地的面貌。走在田埂间，看到打碎的稻秆混合在田土地中，一块一块干涸的土块，黑褐沉重而结实，我想到梵高画里前景常用这样大片的土地构图，我也想到碧娜·鲍许在《春之祭礼》换场时直接用大堆土块在舞台上堆挤的强大力量。

创作或许离不开生活的记忆，离开了生活，贫血，苍白，也只剩下琐碎的呓语了。

▶ 一块一块干涸的土块，黑褐沉重而结实。

金新木姜子

隔壁邻居赖先生通常比我还早出门散步。六点多，我出门的时候，有时会遇到他刚好回家。他从不打扰人，我刚搬进来，他摘了两颗芭乐送我，像是近邻的欢迎吧。后来有一次他插了一枝状元红给我，插在大约十几吋高的土瓶中。

第三次是在他家门口，叫住我，说要送我一片叶子。就走到院子中，伸手从一棵树上摘了一片叶子，递给我说：佛光树叶。我把树叶放在掌中，卵型略长，叶脉很细。赖先生要我翻过来看，“哇，金色的——”，他仿佛知道我会惊讶，微微一笑。

我回家后把金色叶子放在一只黑釉小碟子中，供养在佛案上。瓷黑衬着金色叶脉，在香烟缭绕中很好看。

后来查了资料，俗名佛光树的植物原名不太好记，是“金新木姜子”，绿岛、兰屿有原生种，是一种樟科乔木。这里树叶背面遍布柔软金色细毛，抬头仰望，一片金光闪亮，据说古代航海的水手海上迷途，就靠这金光指引靠岸，因此民间俗称佛光树或七宝树。

▼俗称佛光树、七宝树的金新木姜子。

翻土

翻土以后的田野大地，是我来池上第一个冬天深刻的记忆，走在好像被游客遗忘的乡村田间，看到依然耕作着的农民。他们利用稻田休耕时间在田边种短期可以收获的杂粮或青菜。

在土地中拿着锄头弯身耕作的人让我想起米勒的画。

米勒出身农民家庭，靠教会资助才能读书，他以优异成绩进入巴黎都会读艺术学院。然而毕业以后米勒与工商业城市的美学格格不入，他画裸体像，贵族肖像，他试图做职业画家，都一一失败。一八五〇年以后米勒认识了当时对抗都市文明的画家卢梭等人，常常去巴比松（Barbizon）农村画风景。逃离都市的画家，在枫丹白露森林自然风景中找到疗愈，米勒却看到了土地上耕作的人，在收割后的麦田弯身拾起麦穗的《拾穗》，在劳累工作一天之后听到教堂晚钟低头祈祷感谢的《晚祷》，米勒不再像风景画家来来去去，他在农村住了下来，养大九个孩子，他不再只是一个画家，回到土中重新成为农民。

如果在今天，米勒会来池上吗？米勒会在池上定居吗？

我答应池上书局的简博襄和曹菊苹在还没有整修的谷仓讲一次米勒，我没有答案，我只是在想，如果是今天，米勒会到池上来吗？他会在池上看到《拾穗》或《晚祷》的景象吗？

《拾穗》其实是基督教文明古老的故事，基督训示，有钱的地主，有足够的收获了，掉落在地上的麦穗要留给穷人捡拾。画面上三个弯腰捡起麦穗的妇人，是古老信仰疼爱的人，她们靠捡起的麦穗维生，她们让米勒记忆起自己成长的许多土地伦理的经验。

米勒当时被许多人攻击，认为他有阶级意识，站在劳动人民一边，政客甚至指认他《拾穗》画中有一名女子戴红头巾，有宣扬共产主义、煽动革命的嫌疑。

米勒或许困扰过、怨恨过，沮丧过，他在画《晚祷》时恰好遇到歉收，原来想画一张农民苦不堪言的生活景象，也许充满抱怨憎恨或抗争吧，然而画着画着，他经过田野，听到黄昏时教堂钟声响起，看到一对农民夫妇拿下帽子，低头祈祷。米勒没有看到抱怨憎恨，他看到土地里劳动的人，如此感谢，如此祝福。

那张画完成了，原来可能叫作“歉收”的作品改名为《晚祷》。

美或许是更长久的记忆，歉收是记忆，丰收也是记忆，歉收的痛苦、丰收的幸福都经验过了，知道无论是歉收或丰收，都要在神前低头合十，对于土地，除了感谢，没有其他言语。

有人跟我说池上特别多土地庙，守护一方小小土地，没有妄想。

年底，收割后，我在锦园村保安宫前看了第一台客家村落谢神的“收冬戏”。

▶ 米勒画作《拾穗》。

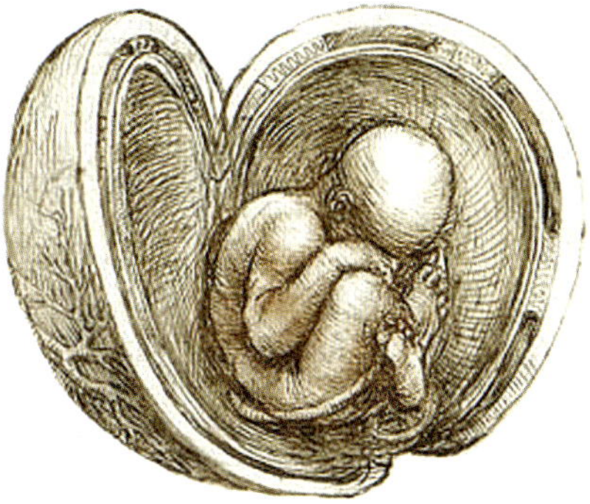

我的空间记忆

城市的空间与时间

找不到时间与空间的原点，
这个城市其实不可能有信仰，
没有过去，没有历史，
没有传承，没有文化，
所有五光十色的商业，
看似繁荣，
也都只是瞬间的浮华，
没有永恒的意义。

达芬奇素描的胎儿

我最早的空间记忆是什么？

许多人是三岁、四岁才有记忆，但那是大脑思维的记忆，身体的记忆有没有可能更早？

我最初的身体记忆好像是从胎儿开始，一个胎儿的空间，不是大脑的记忆，是身体的记忆。

幽暗的、密闭的、温暖的、潮湿的，身体蜷缩在这样的空间里，听到很规律的节奏、心跳或者呼吸，那不是视觉的空间，是听觉和触觉的空间。闭着眼睛，视觉还没有开启，味觉也还没有开始。

听觉和触觉可能是最早身体的空间记忆吗？

每一次到了海边，拾起一枚贝壳，都渴望把耳朵再一次贴近贝壳中空的部分，仿佛就重新回到了那个最初的空间，听到海涛静静回旋，感觉到潮汐规律涨退，心跳和呼吸都带着母亲身体的温度。

在巴塞罗那走进高第（Gaudi）的建筑，常常觉得他的空间也如此像一枚贝壳，有一次看他的素描草图，果真看到他解剖贝壳成为他的旋转楼梯的空间。

那个最初胎儿的空间记忆，如此私密，很难与他人分享。然而每一次入睡前，蜷缩在棉被里，就仿佛又一次回到那最初的私密空间，安全的空间，宁静的空间，不会被打扰的空间。

在离开母体之前，在号啕大哭被惊扰之后，每一个胎儿是否都还在身体里留着最早的空间记忆？不是大脑思维记忆，是身体感官的记忆。听觉开始了，可以分辨节奏快慢，可以听到秩序与规则。触觉开始了，可以感觉到冷或者热，感觉到压力或舒缓。也许嗅觉也已经开始，记忆着母亲身体的气味。

我们的一生或许都带着这样的记忆入睡，无论一天经历过多少不同的空间，目迷五色，最后还是渴望回到最初空间的原点，可以跟自己在一起，再一次回到单纯的胎儿状态，没有惊恐忧虑，没有颠倒梦想，是果核里安安静静还没有想要发芽的果仁。

达芬奇有一张著名的素描，描绘着蜷缩在母亲子宫里的胎儿。

他对人体充满好奇，在宗教禁忌的年代，他潜入墓室，解剖人体，做详细记录。他解剖到一个怀孕死去的女性身体，打开子宫，发现蜷缩的胎儿。达芬奇似乎冥想着人类最初的空间记忆。

他或许感觉到生命最初的空间，是一个用听觉和触觉记忆的空间，不是用大脑思维去认识的空间。

大脑思维的空间是单纯视觉的，少了温度，也少了声音的秩序。

万神殿

罗马在公元一世纪后修建了万神殿（Panthon），是哈德里安皇帝极盛时代的信仰空间。好几次走进那个空间，都觉得像是重新回到一个胎儿的空间。

一个纯粹球形的空间，高和宽等长，直径四十三点三公尺的巨大球体，从核心到球体的每一个边缘都是等距离。

一个完美的球体，一个私密的完整空间，无论游客多少，一进入那空间，就安静了下来。每一个人都仿佛回到胎儿沉睡的状态，仿佛仰望无限神秘的天穹，那么遥远又那么贴近。

在那密闭空间里唯一跟外界沟通的是穹顶上一个天窗（Oculus）。在拉丁文里Oculus是“眼睛”，是密闭空间通向宇宙的眼睛，是外面的光进入球体空间的唯一通道。一个圆形中空的洞，仿佛子宫口，胎儿将从那里跟外界沟通。

巨大的球体建筑空间，每一个人都仰望着那一束光，仿佛开启了《金刚经》说的“天眼”，“佛眼”，再次回到胎儿的记忆，听自己身体里的声音，感觉自己身体里的温度。

好的空间不是使人思维，而是透过身体感官，使人沉淀安静，使人回到身体最初的原点，再一次跟自己在一起。

那一束光随着季节变化，冬至大约是二十四度角，夏至大约是七十二度角，那一束光，使空间和时间在一起，成为“宇宙”。

▼达芬奇《维特鲁威人》

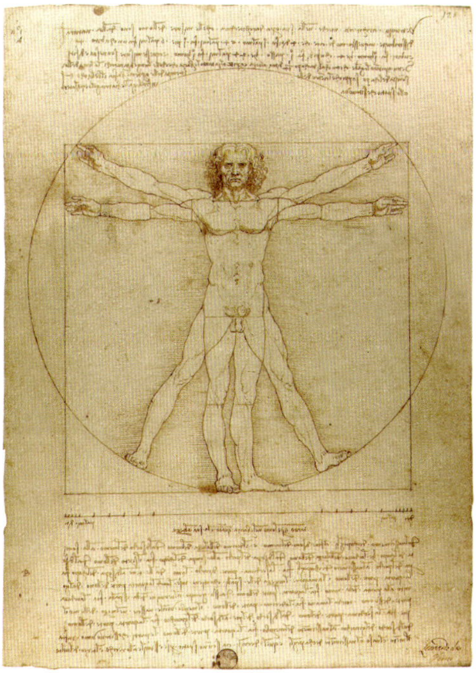

『宇』是空间，『宙』是时间

达芬奇曾经依据古罗马维特鲁维亚（Vitruvius）的哲学，描绘了著名的人体空间。维特鲁维亚在建筑的论述里认为人体是完美比例的基础。达芬奇演绎了这个概念，描绘一个张开四肢的人体，张开手和脚，触碰着圆和方的边缘。达芬奇在这张素描下方写了几行字，意思是说：完美的人体是丈量宇宙的尺度。

从一个蜷缩的胎儿开始，我们的身体，张开来了，极限发展，达到无限，可以和宇宙同样宽广巨大。

什么是“宇”？什么是“宙”？

“宇”是上下四方，“宙”是古往今来，“宇”是空间，“宙”是时间。

用达芬奇的素描来看，人生活在空间与时间之中，在空间与时间中寻找自己的定位。一个完美的人体，一个达到极限的生命，一个完全开发了潜能的身体，便达到了宇宙的广度，达到与空间时间的无限性。

从胎儿的原点开始，一个张开的人体，潜能无限发展，充满空间，也充满时间。

达芬奇素描里的“方”和“圆”，象征“宇宙”（cosmos），“方”是空间，“圆”是时间。

几乎在同一时代，在东方和西方，都在思考方与圆的象征意义。

和万神殿建造的时代相近，东方在一世纪前后，也在思考“宇”“宙”的状态。至少到了汉代，造型设计上很明显地出现了“天圆地方”的概念。

造型设计不只是一种纯粹视觉的图像，而是把图像作为一种象征来思考。建筑上汉代宫殿设计出现的“明堂”（方）“辟雍”（圆），一方形建筑，外围一圈圆形的水环绕。是把“宇宙”整体概念放进政治统治的符号中，设计了皇室建筑的形式。

两千年前汉代建筑上的“天圆地方”，木结构材料无法保存长久，多无实物可以印证，只有文字论述可以查考。但汉代的“天圆地方”似乎已成为一种造型设计上无所不在的空间与时间概念。钱币从早期各种多样形式的货币，在汉代统一成“外圆内方”的形式，中间一个方孔，影响两千年来东方金属货币的基本形式。

最明显的“天圆地方”的造型出现在汉代铜镜上。汉代铜镜出现“规矩四神”的形式，外围是圆形的“规”，内部一个方形的“矩”。方形的四端常有“玄武”（北），“朱雀”（南），“青龙”（东），“白虎”（西），四种方位神兽的图像，明显界定“方”与“空间”的象征关系。

铜镜的外围是圆形，圆形是一个日晷，古代用日影来计算时间的工具，因此铜镜上也常镌刻有太阳符号，时间刻度，以及“子丑寅卯辰巳午未申酉戌亥”十二时的时辰刻度排列。

画“圆”的工具是“规”，我们今天仍称为圆规。画“方”的工具是“矩”，也就是九十度转角的矩尺。在“规”和“矩”中定位照镜子的自己，很像达芬奇在方与圆中间寻找人的位置，确定生命在空间与时间里存在的意义。

从胎儿开始，生命从一个小小的原点寻找在空间与时间中的定位，像我们在手机里 google 自己的定位。

如同达芬奇所相信的，人如果是完美空间开始的原点，城市的空间也必然回到人的基础。

▶ 那一束光，使空间与时间在一起，成为“宇宙”。

城市的零坐标

在巴黎居住行走，很容易感觉到这个城市的原点，城市的原点也就是地理上的“零坐标”。

巴黎的“零坐标”在哪里？就在著名的圣母院（Notre Dame）西侧的广场中心。计算空间上巴黎的一公里、两公里，是从这个“零坐标”开始，广场地面上有一个铜铸的光芒装饰的阿拉伯数字的“零”。这是巴黎的原点，像巴黎的胎儿，从这里开始了一个城市伟大的空间，也开始了一个城市悠久的时间。

空间的巴黎无论多大，都要回到这个城市的原点“零坐标”，从这个原点向外扩张，一圈一圈，像一个城市的三环、四环、五环、六环，如同树木的年轮，是空间的扩大成长，也同时是时间的扩大延长。

圣母院在塞纳河中的城岛（Cite Island）上，这是城市最早的时间原点，大约开始于十世纪前后。一一六三年修建圣母院，像汉移民在台湾社区的妈祖庙，圣母院也就是巴黎居民最初的信仰记忆，是时间的记忆，也是空间的记忆，是地理的“零坐标”，也是历史的“零坐标”。

台湾汉移民建立了最早的城市，与原住民的部落有了区隔。“零坐标”在移民早期通常都是妈祖庙，妈祖庙也一直是社区的“零坐标”。清代发展为天后宫，无论“妈祖”或“天后”，其实跟巴黎法语中“圣母”的意义相似。

每一个生命都记忆着胎儿时母亲的身体，记忆着那最早的空间。无论跑到多远，都不会忘记那开始的“零坐标”。

岛屿在近五十年破坏了信仰上传承久远的“零坐标”，城市时间的年轮被搅扰混乱了，城市空间的秩序也被践踏抹杀。城市记忆在强大恶质的商业利益炒作下被毁坏，土地体无完肤，城市失去了记忆。

一个城市，没有“零坐标”，也就失去了可以出发的原点，失去了向外扩大的能力，没有“天窗”，没有“眼睛”，没有视野，达芬奇触碰宇宙边缘极限的能力发展不起来，人不再是城市空间的中心尺度，盲目求暴利的钱，厉害的行销手段，无所不用其极，毁坏了城市记忆，剥夺了人在城市的中心位置。

我常常问朋友：台北的“零坐标”在哪里？

许多人茫然摇头。

“零坐标”如果模糊暧昧，找不到时间与空间的原点，这个城市其实不可能有信仰，没有过去，没有历史，没有传承，没有文化，所有五光十色的商业，看似繁华，也都只是瞬间的浮华，没有永恒的意义。

这个城市，即使有快速的地铁，有看似活泼的悠游卡，可能还是堕落在商业炒作的行销利益中，无以自拔吧。

池上日记

卷二

日光四季

池上驻乡，要画这样的稻田，这样的云和山。

——十一月二十三日

二〇一四

十一月——十二月

秋收后池上水圳边新生芒草。

——十一月二十九日

北地寒流，纵谷的风呼呼袭来。收割后稻梗土褐，荷叶莲蓬也都枯干。没有游客，躲进池上豆皮店，一槽一槽热气蒸腾的豆浆，温暖幸福，今天早餐是一盘香菜煎豆皮。

——十二月二十三日

荷叶生时春恨生，荷叶枯时秋恨成。深知身在情长在，怅望江头江水声。

——十二月二十五日

灰色的海

看见了海
在火车转弯的时候

看见了海
在峰回路转的山后

看见了海
冬季在雨丝里显得忧郁的海

必然有些寒冷吧
孤独的行人压低帽檐、竖直衣领，匆匆走过

冬天的海不是蓝色的
灰色的云

灰色的天空
灰色的波浪，灰色沙滩上蹲着灰色衣服的男子

也许应该学会忘记
忘记夏天

忘记阳光下曾经很蔚蓝的海
忘记男子曾经是少年，穿着红色汗衫奔跑

忘记岁月里曾经美丽的花
在灰色的季节

蹲在灰色的沙滩上
看灰色的海

——十二月二十七日

二〇一五

一月——十二月

新年第一天的黎明，池上油菜花
一片金黄如旭日朝阳。

——一月一日

三仙台的海涛汹涌澎湃，可以静
听风声里浪的来去回旋。

——一月五日

池上万安凤鸣山上芒花。

——一月六日

延平乡鸾山部落巨大白榕，
年岁久远，枝桠交错蔓延，
覆盖广远，布农族敬为山神。

——一月九日

农民翻土，等待春耕。

——一月十三日

延平乡鸾山部落梅花盛开芬芳馥郁。

——一月十四日

田圃中原来盖着白布，一百公尺长，一道一道，今天早上打开了，里面一盒一盒秧苗，约两公分高，立春就要插秧了。

——一月十六日

公东教堂铸铁耶稣像，脚背钉痕血渍，红色玻璃镶嵌，像一种救赎的光。

——一月二十四日

池上秧田宽阔平坦，浅水映着云天。田土如心境，不宽阔，不平坦，挤满忌妒怨怒，很难长出新生命吧。

——一月二十八日

卑南溪畔水田映照蓝天白云，“是日也，天朗气清”，原来兰亭故事讲的是人品心境，只看作书法便小器了。

——一月三十日

已过立春，想起关山天后宫，建于光绪年间。殿庑完整，庙埕开阔，庙宇中庭挂满红灯笼，有庶民向往的大气、饱满、温暖与祥和，日日好日，年年好年。

——二月七日

平和、喜悦、温暖，在修行的路上他们走得稳定踏实，没有烦恼忧愁，清迈的阳光和风都如微笑，安静而不喧哗。

——二月十五日

清迈素贴山下无梦寺，身体残断失落的佛头，依旧微笑，仿佛无思无想，没有舍得，没有舍不得。

——二月二十日

惊蛰刚过，池上清晨如此宁静空明。

——三月九日

玉里枇杷极好，丰圆饱满，像齐白石的画。白石天真烂漫，有民间庶民百姓的大气活泼。他自在喜悦，被批评笔不笔，画不画，但他确实是“自有我在”，决不矫情造作，一味临摹抄袭古人。

——三月十九日

春天玉长公路上常常看到云瀑。云从太平洋方向来，翻越海岸山脉，向下奔泻，流向山谷溪涧，如同瀑布。

——三月二十日

应该做一棵树，安安静静，一百年，不言不语，在炎阳下，成为多少人心浮气躁时的庇荫。

——三月二十四日

即使生命艰难，有时忧愁，还是希望像一棵树，感觉得到春天来临的喜悦欢欣。

——三月二十六日

远山长，云山乱，晓山青——苏东坡如是说。

——三月二十七日

雨后初晴，白流苏开花了。记得日治时留下新公园有一株大白流苏，每到初春，像覆雪一般，迷离纷披，路过的人都要回头，欢喜赞叹。

——三月二十八日

今天池上山头长长一抹云，闲适、慵懒，好像自在到无所事事，飘浮，舒展，像午后草地上伸懒腰的猫。

——四月一日

东竹——纵谷线上很小的一站，快车多不停靠。黄昏前看不到站务员，候车室三张枕木长椅。站外没有居民，迎面陡坡上去是富北初中，可以想象白日上课时有少年们喧闹欢笑。

——四月二日

好风，好水，好阳光，稻叶翻飞摇曳，如同舞蹈，不可不知今日的喜悦。

——四月三日

回台北几天，想念池上书局的Momo。它总是优雅闲适，自在从容，像假日午后椅子上一段缓缓移动的日光。

——四月四日

清晨大坡池，如同水墨画。空灵明净，浓淡对应，大创作者以造化为师，笔墨都在自然中。

——四月十日

池上凤鸣山有麦田，黄金色，洁净，想起基督的句子：一粒麦子若是不死，就只是一粒麦子。落在土中死了，就生出许多麦子来。

——四月十七日

内湖堤顶附近开了几株刺桐花，红艳夺目。童年时刺桐是进入初夏的预告。刺桐有岛屿野艳旺盛的生命力，都会已经难得一见了。

——四月二十日

清晨大坡池树林间、草地上都是黎明初日升起的光，觉得应该有葛利果圣歌（Gregorian Chant）的颂赞咏唱。

——四月二十七日

立夏前后，纵谷的稻田开始有很丰富的绿了。如果有风，可以看到风行走的姿态，在稻叶上滉漾、摇曳、翻飞，如同波涛，风起云涌。看到风停，一切都无痕迹，仍然只是静静的稻田。

——四月三十日

曾经在南横垭口一带看过野百合大片壮观盛况。一过谷雨，纵谷的百合又处处开放，这是富里教堂庭院花圃中的百合，也洁净美丽。

——五月六日

曾经在高雄鼓山看过满满一片像火一样燃烧的凤凰花。在清迈湄林一株凤凰树完整张开，像伞盖一样。生命有足够空间，不被挤压砍伐，就能如此华美富裕。

——五月九日

院中一丛白色孤挺花盛开了，远望以为是百合。台湾孤挺花多红橙或条纹杂色。一色的白，很洁净自在。

——五月十一日

清晨池上海岸山脉有云瀑，有曙光。授粉刚过，稻穗初萌，初夏好时节，记之不忘。

——五月十四日

今日小满，稻禾的穗有圆满的颗粒了。节气缓缓走着，告知生命每一个阶段的喜悦幸福。

——五月二十一日

生命当如此热烈如初夏之花。

——五月二十五日

池上雨后初晴，稻穗结实累累，绿中透出金黄。云飞雾卷，走在田陌间，许多事都可放下。

——五月二十七日

大坡池荷花盛开了，清晨五时大雾，迷蒙恍惚，光与色彩都如梦境。

——五月二十八日

朋友收藏的日本南部铁壶，造型浑圆单纯，内敛安静，用来煮水烹茶，度过一个闲适愉悦的午后。

——五月三十日

莫斯科灌木丛盛开白花，当地人说是茉莉（jasmine），但和台湾茉莉不完全相同，比较高，单瓣，也有淡淡香气。

注：谢谢脸书朋友指正，照片上应属“山梅花”才是。

——六月二十二日

普希金美术馆最好的一张毕加索作品。一九〇五年，刚脱离蓝灰忧郁的色调，仍然是街头卖艺人、流浪汉，无家可归的游民，但开始出现了愉悦温暖的粉红。男子静定如山，小女孩轻盈流动如云，二十刚出头，青年画家仿佛仍向往随白马远去的流浪漂泊。

——六月二十四日

沿纵谷南下，农田大多收割了。田野烧起火，四处野烟，墨黑焦炭的线在稻梗间纵横，像魏晋刻石。站在池上这一片田地前想起“爨龙颜”“爨宝子”，广阔浑朴，没有忸怩作态。

——七月二日

“Wat Suan Dok”，有人译为松德寺，十四世纪后的君王庄园改建寺庙，新近整修装饰，金碧辉煌，清晨僧侣持钵而来，心中默念：或许可以度一切苦厄，度过伤痛，度过惊慌，度过灾劫。

——七月六日

栖息湖边的野雁，仿佛梦着南方遥远的家园。我们每年夏天见一次面，入秋后又各自分散，期待来年或许再见。

——七月十二日

静观夕阳金色绚丽的光，分分秒秒都在变化。静观慢慢沉入暗影里的山峦。静静观看河面上一丝一丝水的波纹，一切如梦幻泡影，所有的舍不得都在眼前如此逝去。

——七月十四日

“Chiang Dao”，有人译为清佬。在清迈西北约八十公里处，已近缅甸边界。群峰重岭，高达两千公尺，壇法普隆寺在山腰，攀登五百级台阶，大殿依山洞天然岩窟建成，上设金塔，万山环抱，云岚变灭，塔自巍峨不动。

——七月二十日

曾经，在一期稻作收割前，纵谷的山脉出现这样的云，仿佛长河，波涛汹涌。有时候也像含苞的花，一朵一朵绽放。手机里留着已经逝去的画面，天涯海角，我还嗅得到雨后土地的气味。

——七月二十九日

大雁在湖边石上栖息，单脚站立，头枕在背上，悠闲舒适，一动也不动，匆匆走过，不细看，会以为就是一块石头。

——七月三十日

朋友去日本镰仓，问我要去哪里。想起去年八月明月院的绣球花，当地称为“紫阳”。青、白、粉、紫，富裕饱满，各类品种。我就传去这张照片，希望他也能看到花如明月，皎洁、圆满、无垢。

——八月二日

朋友来信说：池上第二期稻作插秧了。知道这几日有台风来，便心中担忧，低头默祷，希望能无大灾害。

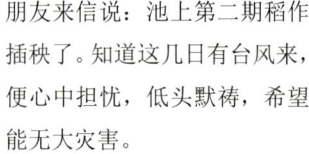

——八月七日

风狂雨骤之后，常常会想起岛屿乡镇农村，田埂路边，一株树，一座小小的土地公庙，是土地的庇佑，风调雨顺。

——八月十一日

每天走在森林里，好像在参悟什么。仆倒的大树，慢慢在土里腐朽烂掉，但是也看到死去的树干上新生的树木。“腐烂”“老朽”都像是骂人的词汇，在大自然中却如此庄严。

——八月十七日

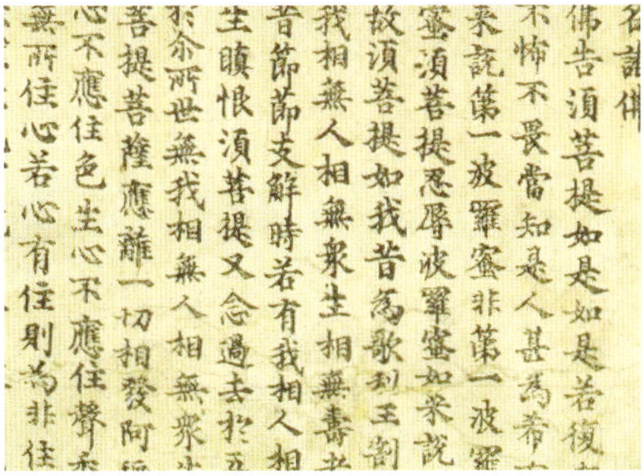

唐咸通九年（八六八年）雕版《金刚经》的句子“不惊、不怖、不畏”时时刻刻陪伴我，度过亲人受病苦的时刻。我仍有许多“舍得，舍不得”的功课要做。八月二十一日读诵《金刚经》之后。

——八月二十二日

土壤中有橡木慢慢分解的气味
有黑醋栗和秋分时光的恬静
有你微微淡淡的笑容

我在玻璃的边缘看你
听雨声在河流中回旋
落日挥霍剩余的紫色灰色
皮肤上留着十四度的记忆，乍暖还寒
回荡着逐渐空去的杯子

你说：没有不散的宴席
像一则预言
说了又说
或许也都知道必然应验
却始终没有人理会

——八月二十六日

土壤中有橡木慢慢分解的气味
有黑醋栗和秋分时光的恬静
有你微微淡淡的笑容

我在玻璃的边缘看你
听雨声在河流中回旋
落日挥霍剩余的紫色灰色
皮肤上留着十四度的记忆，乍暖还寒
回荡着逐渐空去的杯子

你说：没有不散的宴席
像一则预言
说了又说
或许也都知道必然应验
却始终没有人理会

——八月二十六日

风狂雨骤之后，常常会想起岛屿乡镇农村，田埂路边，一株树，一座小小的土地公庙，是土地的庇佑，风调雨顺。

——八月十一日

每天走在森林里，好像在参悟什么。仆倒的大树，慢慢在土里腐朽烂掉，但是也看到死去的树干上新生的树木。“腐烂”“老朽”都像是骂人的词汇，在大自然中却如此庄严。

——八月十七日

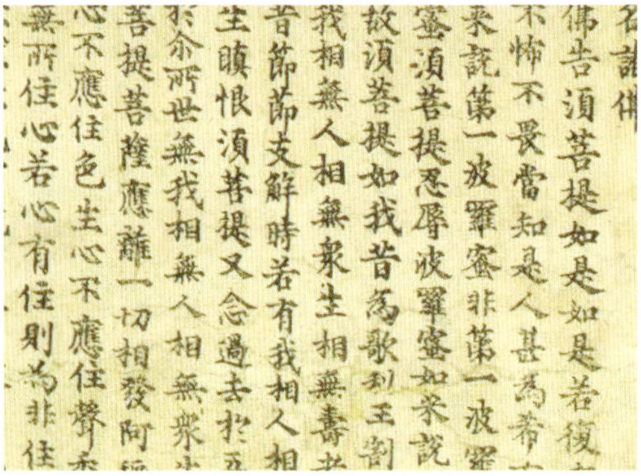

唐咸通九年（八六八年）雕版《金刚经》的句子“不惊、不怖、不畏”时时刻刻陪伴我，度过亲人受病苦的时刻。我仍有许多“舍得，舍不得”的功课要做。八月二十一日读诵《金刚经》之后。

——八月二十二日

大雁在湖边石上栖息，单脚站立，头枕在背上，悠闲舒适，一动也不动，匆匆走过，不细看，会以为就是一块石头。

——七月三十日

朋友去日本镰仓，问我要去哪里。想起去年八月明月院的绣球花，当地称为“紫阳”。青、白、粉、紫，富裕饱满，各类品种。我就传去这张照片，希望他也能看到花如明月，皎洁、圆满、无垢。

——八月二日

朋友来信说：池上第二期稻作插秧了。知道这几日有台风来，便心中担忧，低头默祷，希望能无大灾害。

——八月七日

静观夕阳金色绚丽的光，分分秒秒都在变化。静观慢慢沉入暗影里的山峦。静静观看河面上一丝一丝水的波纹，一切如梦幻泡影，所有的舍不得都在眼前如此逝去。

——七月十四日

“Chiang Dao”，有人译为清佬。在清迈西北约八十公里处，已近缅甸边界。群峰重岭，高达两千公尺，壇法普隆寺在山腰，攀登五百级台阶，大殿依山洞天然岩窟建成，上设金塔，万山环抱，云岚变灭，塔自巍峨不动。

——七月二十日

曾经，在一期稻作收割前，纵谷的山脉出现这样的云，仿佛长河，波涛汹涌。有时候也像含苞的花，一朵一朵绽放。手机里留着已经逝去的画面，天涯海角，我还嗅得到雨后土地的气味。

——七月二十九日

栖息湖边的野雁，仿佛梦着南方遥远的家园。我们每年夏天见一次面，入秋后又各自分散，期待来年或许再见。

——七月十二日

普希金美术馆最好的一张毕加索作品。一九〇五年，刚脱离蓝灰忧郁的色调，仍然是街头卖艺人、流浪汉，无家可归的游民，但开始出现了愉悦温暖的粉红。男子静定如山，小女孩轻盈流动如云，二十刚出头，青年画家仿佛仍向往随白马远去的流浪漂泊。

——六月二十四日

沿纵谷南下，农田大多收割了。田野烧起火，四处野烟，墨黑焦炭的线在稻梗间纵横，像魏晋刻石。站在池上这一片田地前想起“爨龙颜”“爨宝子”，广阔浑朴，没有忸怩作态。

——七月二日

“Wat Suan Dok”，有人译为松德寺，十四世纪后的君王庄园改建寺庙，新近整修装饰，金碧辉煌，清晨僧侣持钵而来，心中默念：或许可以度一切苦厄，度过伤痛，度过惊慌，度过灾劫。

——七月六日

夕阳如酒
听到海洋的鼾声
在远方，此起彼落
酡红色的晚云
从神话的岛屿飞起

伊卡鲁斯
坠落，还是高飞
无关乎羽毛的轻重
无关乎蜡或肉体
无关乎爱或者恨
无关乎生或者死

一定是因为风
少年就想跟云说告别的话了
我醉在智利的阳光里、雨里

中元普渡，想起八里渡船头[1]的“万善同归”，是对普天下生命共同的召唤与安慰。卵生、胎生、湿生、化生，有色、无色，有想、无想，非有想、非无想，都在修行的路上。

——八月二十八日

惠斯勒（Whistler）的乔佛里湖（Joffre Lake），有三层，攀登到最高处，远眺大山主峰，长年冰雪覆盖，石砾坚冰与雪水冲刷融汇成碧蓝的高原湖泊，松杉寂静，洪荒远古无声。

——九月六日

湖蓝与草绿可以如此谐和。

——九月七日

① 八里渡船头“万善同归”设于清道光年间，汉移民追悼收纳亡者的共同记忆。近年四周被新北市外包做摊贩，古迹有被破坏之虞。

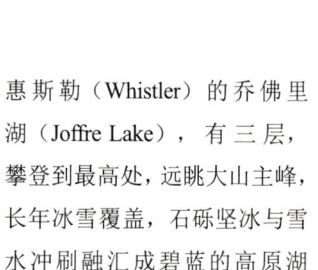

渐远了，退潮的海滩上留着一波一波潮汐雕塑出的沙的起伏纹路。夏日黄昏西斜的光把影子拉得很长，远处有青年打击非洲鼓，行路迟迟，告别总是很难，和时光告别，和一地方告别。

——九月九日

九一一的午后，在纽约有深秋异常明亮的阳光，大街上一幢幢摩天大楼高耸与天齐，如此繁华的城市，一转入地铁，月台上沉睡的游民，仿佛说着繁华背后苍凉的故事。

——九月十三日

从布鲁克林隔着哈德逊河远眺曼哈顿，二十世纪以来最伟大的城市，纽约的繁华，有了距离，可以反省，可以沉思低回，繁华究竟是什么？

——九月十六日

一个伟大的城市，强势、富有、繁荣，在中央公园一角远看城市，也许更动人的是大片绿地，绿地上休息的市民，奔跑的孩子，依靠的情侣——城市的伟大还是以人作为中心。

——九月十七日

纽约中央图书馆后的布莱恩公园（Bryant Park），午餐时间，上班族在这里休息，一份简餐、一杯咖啡、一本书，谈天、睡觉、发呆，所有遇到的人都不会再见，有一点忧伤，也觉得轻松自由，无有挂碍。

——九月十八日

古埃及的雕像残损了，只剩下几公分一小块局部，静静在橱窗里，那唇型如此美丽，欲言又止，仿佛要说三四千年前尼罗河岸边莲花盛放，水声婉转的故事。

——九月二十二日

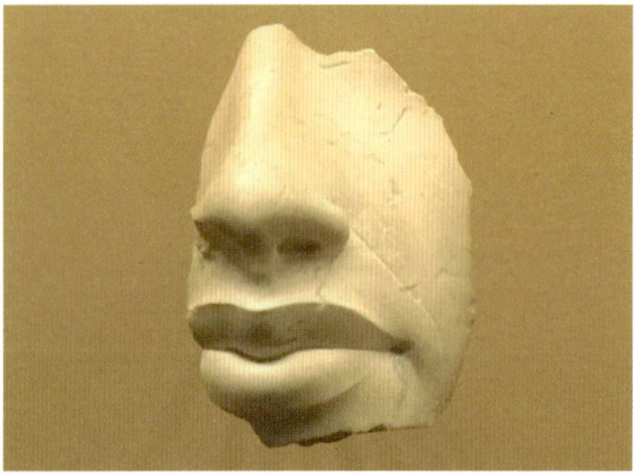

回到纵谷，迫不及待想告诉你这里的山、这里的云、这里的风声、水声。刚结穗的稻田青绿色里透出金黄的光。也许三四天后我会安静下来，像在土地上工作的人，没有喧哗。

——九月二十六日

清晨六时大坡池入秋后荷花疏疏落落，一张荷叶中聚着露水，莹亮透明，如一轮满月，想起今天是中秋节，但因台风，或许看不见明月，这一环清露，聊寄祝福。

——九月二十七日

邻居赖先生从院中树上摘一片叶子送我，背面金色，说是佛光树。我查资料原名金新木姜子，是稀有的樟科植物。我把这片叶子盛在黑釉小碟，供在佛前。

——十月二日

大坡池夏天满满都是荷花，繁盛壮观。入秋以后，荷叶枯黄萎败，结了许多硕大莲蓬。池面空净，只剩疏疏落落几朵荷花兀自开落，映着水光，仿佛临水自鉴，不争春夏，有秋天的淡远悠长。

——十月四日

秋分、寒露之间，稻穗结实累累，清晨六时，太阳从海岸山脉的云端升起，一线一线阳光长长洒下，像最温暖无私的照拂，让每一粒稻谷都充实起来。

——十月七日

节气寒露，清晨六时，从大坡池望向中央山脉，山静云闲，天光水光，烟岚朝雾，如斯无事。

——十月八日

寒露清晨，草地上结着蛛网，细丝上密聚着一点一滴的清露，晶莹剔透，远看只是一片光，在日出的时候很快就都消逝得无影无踪了。

——十月九日

台湾栾树开花了，嫩黄色的花纷乱密聚开成一片，黄色里有一点红，授粉后很快飘零四散，一地都是落花，而树上开始结了红赭色的蒴果，许多人误认蒴果为花，因色彩也很丰艳，是岛屿秋天的美丽记忆。

——十月十二日

台湾栾树黄花陆续退落，树顶树梢出现红赭色的蒴果，有比花还要丰艳的色彩。

——十月十三日

连日豪雨，溪涧水势湍急，轰轰作响，湍濑奔腾、激荡、迸跳、回旋，汹涌澎湃，静静看水面，也像看人的一生，也可以喧哗过后，平静无波涛吧！

——十月十四日

即将霜降，山里犹自开着美丽的野姜花，洁净无垢，不染尘埃，孤独而又富裕华美。

——十月十七日

还有两周就要收成了，稻穗沉重饱满，农民说：愈饱满愈谦卑，愈沉默低头，愈接近土地，每一粒稻谷都如此完美。

——十月十九日

过了霜降，纵谷河床石滩上开满了芒花，这是岛屿入秋最美的景观。新开的芒花闪着银色洁白的光，有一种金属的华贵。

——十月二十二日

即将收割了，十月下旬池上稻田的颜色很多层次，稻叶的青绿，稻穗的金黄，最成熟饱满的谷粒泛出喜悦的赭红，清晨带着露水，远看像一片琥珀的光。

——十月二十四日

一条街的墙头上都盛开着蒜香藤，纷红紫艳，夺目亮眼，尤其在秋晴的阳光下，色彩饱和，使人心情愉悦。

——十月二十六日

水黄皮也在秋天盛开了，紫色的花蕾一粒一粒，因为树高，不容易发现，常常是看到地上一片落花，抬头看才发现水黄皮。大坡池边有水黄皮，台北徐州路市长官邸也有高大蓊郁的水黄皮。

——十月二十九日

看到山头上一抹云，不知道为什么就笑了，觉得似曾相识，但又知道只是初见，只是陌生的路上匆匆擦肩而过，而且，以后也不会再见到了。

——十月三十日

两只黑天鹅，不知是不是王羲之想要写出的书法的自在宛然。

——十一月二日

连日下雨，成熟的稻穗原已饱满沉重，遭雨劈打，许多仆倒了，田里出现一块一块凹洞。农民说可能要抢收，提前收割，我看到他们担心忧虑的表情。

——十一月四日

收割后的稻田留着短短硬硬的稻梗，还有一些割稻机驶过的辙痕。大片荒芜的田地在入冬以后显得冷清野悍，是土地本身的力量吧，没有多久，田间烧起野烟，之后就要翻土了。

——十一月五日

从池上坐火车绕过南回，群山之后突然出现湛蓝的海洋，到太麻里一带，海天重叠，许多蓝的层次，波涛荡漾，心旷神怡。

——十一月七日

天光乍亮，纵谷的云来了，这样无所事事，慢慢流动，像是漫无目的的流浪，无拘无束，没有牵挂，没有执着。

——十一月九日

深秋如金，不只是枫叶红了，银杏黄了，北地风中一株平常芦苇，也散发着金黄色的光。

——十一月十二日

深秋的高野山有许多记忆，清净心院清晨诵经，奥之细道小径，高耸的水杉林，空海御影堂仿佛空无一物，一地重重叠叠的落叶，下山那天，天空飘起细雪……

——十一月二十三日

收割后田里剩下一列一列整齐的稻梗，水光在清晨日出前洁净明亮，一条长长的云沉在海岸山脉脚下，不疾不徐……

——十一月二十七日

路过崇德附近海边，远眺悬崖峭壁，大山耸峙，太平洋波澜壮阔，涛声轰隆，浪花滚滚，极视听之娱——

——十二月三日

火车窗外的纵谷冬日芒花——愈来愈习惯用手机即时随兴记录，和朋友分享。这一时代岛屿的图像历史或许不再是构图光影精致的摄影，而是大众贴近生活的影像记忆吧。

——十二月五日

东北季风吹起，纵谷的云在山峦溪谷间舒卷。大山笃定，流云自来自去，仿佛天长地久，可以这样两不相厌，可以这样两无干涉。

——十二月十一日

冬日的大坡池很安静，没有夏日综合纷红骇绿的荷花，许多植物也都落叶，剩下秃枝。然而茄苳树结满累累的果实，深褐色，像龙眼而略小，感觉到生命结实的丰富圆满。

——十二月十一日

清晨池上的云，可以跟一年告别，感谢。很多回忆，很多祝福，很多珍惜。新年快乐，莫失莫忘。

——十二月三十一日

收割以后翻土的田地，土块扎扎实实的力量。晨曦初起，远山慢慢亮起来了，这是冬至前的池上，很安静，很沉着。

——十二月二十二日

二〇一六

一月—四月

在池上玉蟾园看到盛开的烟火花，一丛一丛，紫红色花蒂，顶端爆放白色五瓣花萼如烟火闪烁，极其华丽。也许因为天暖，应该一二月开的花都提早开了。

——一月二日

台东都历一处民宿“六号交响曲”依山傍海，陈冠华设计，用粗朴台湾清水模外墙，有宽阔户外绿地，随意躺卧，看一整天的山，看一整天的云，山静云闲，还可以远眺浮在太平洋碧波中的绿岛。

——一月四日

连日豪雨，池上初晴，清晨中央山脉山头一绺白云，像一朵一朵绽放的花。

——一月五日

东部海滨的礁石一长条横亘在波涛中，大浪汹涌击来，水花迸溅，真的是乱石崩云、惊涛裂岸，大浪过后，会有片刻宁静，水流浮沫，回旋摇荡，看海，也仿佛是看人生。

——一月九日

在喧闹、吵嚷、允斥咒骂攻击的声音的时候，也许可以静静凝视一朵花慢慢绽放的力量。慈悲的力量，温和的力量，包容的力量，美的力量。

——一月十五日

旧金山亚洲艺术馆有一件唐代泥塑，表现胡人舞蹈的动态。创作者聪明地运用流动的线条勾画出身体婉转的律动节奏，写实中又极具抽象活泼的音乐性，令人叹赏。

——一月十八日

旧金山亚洲艺术馆藏的河南修定寺唐塔胡腾舞壁砖不只一件，比对来看，应该是模印制作，刻模工匠掌握舞蹈的节奏律动，利用衣纹及背景线条表现出来。唐塔吸收印度、中亚波斯多元文化，展现出活泼包容的生命力度。

——一月十九日

节气大寒，伯克利意外阳光明亮，很多人出外散步，一株茶花盛放，粉色含苞，知道风和日丽，它也一瓣一瓣绽放，迎接美好的生命。

——一月二十一日

再过几天就是立春了，冬日寒凝，港湾边少人行。波平浪静，淡淡一抹余晖，在大水中滉漾，几块礁石兀立水中，若有事，若无事。

——二月一日

港湾里沉着落日的光，一只海鸥孤立在岩礁上，偶然走过，想起初唐一位诗人的句子，却又觉得其实并不相干。

——二月三日

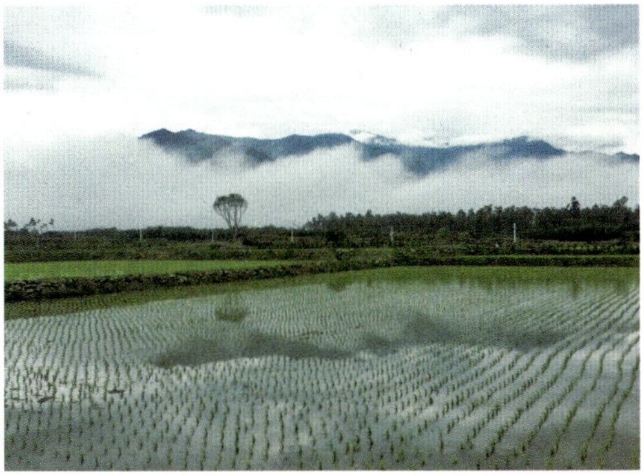

节气雨水，刚插秧，水天很美，云很美，水天倒映山峦、天空、云朵、房舍，乡村风景相看两无厌——

——二月十九日

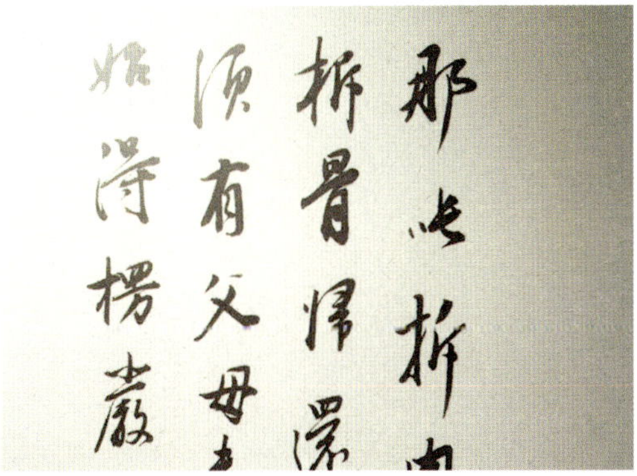

在故宫看董其昌书法，看到这段话：“那吒拆肉还父，拆骨归还母。须有父母未生前身，始得楞严八还之义。”《楞严经》讲八种“归还”如“明还日轮”。这个肉身也要归还于父母未生之前吧。

——二月二十二日

强烈冷气团南下，纵谷刚插秧的水天看起来有点萧索，却依然安静，行人少，游客也少，没有热闹喧哗。即将惊蛰，蛰伏一个冬天的生命都等待苏醒。

——三月一日

朋友住在青礐溪畔，溪谷里巨石岩壑，清流急湍，水声盈耳，像李唐的万壑松风，也使人想起这个季节走向山阴兰亭的南朝的文人，仰观宇宙之大——

——三月四日

难得春日阳光明亮，新竹旧的护城河边人行道花开烂漫，许多老人家带孙子来玩耍，上班忙碌的人也趁午休时间来花树下看花。

——三月六日

纵谷沿路多巨大的苦楝树，惊蛰过后纷纷开了。浅浅的粉紫，花瓣细密，比白流苏还小，远看只是一片淡淡的紫雾，经过的人不容易发现，这是初春的花，香味馥郁，使人喜悦。

——三月十日

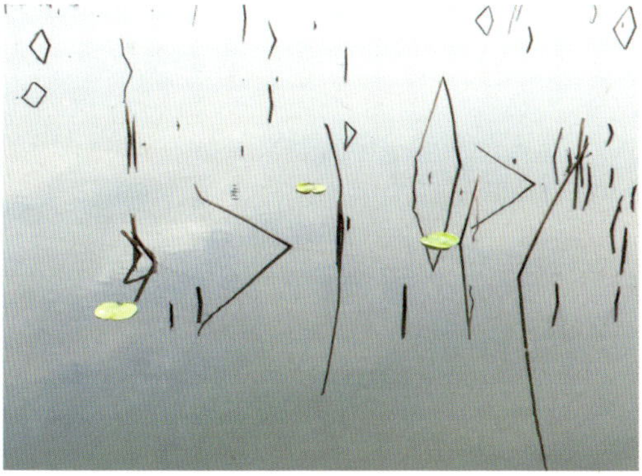

大坡池留着上个冬天荷叶的残梗，疏疏落落，自由的线条，水面倒映，像最好的书法，一派天真，没有造作。初春新发的小小荷叶也翠嫩新绿，刚露水面。

——三月二十二日

童年住的社区家家户户都种丝瓜，四处蔓延，叶片很大，常常遮蔽住丝瓜，等长老了才被发现，主人就只好摘下来做洗澡搓身子用的丝瓜布。这景象都市慢慢看不到了，在纵谷还是常见，黄色的丝瓜花也特别明亮耀眼，让人喜悦。

——三月二十五日

在一所大饭店大厅看到插满整株樱花，花团锦簇，让许多人停下来赞叹，春分过了八天，日出的方位明显向北移动了，大地回暖，沉睡的生命一一苏醒。

——三月二十八日

抬起头看一看，路旁小叶榄仁都冒出一点一点新绿的芽，你应当感觉得到，真的是春天了，你应当感觉得到，生命苏醒的喜悦。抬起头看一看，那一点一点新生命的欢笑。

——三月三十一日

清晨到巴黎，明亮的阳光，使人愉悦。迫不及待走到塞纳河畔，看堤岸上晒太阳的人，看刚吐出新芽的树，看河水汤汤，想跟天空说：巴黎，我来了！

——四月二日

四月三日星期日，阳光灿烂，晨曦照亮卢浮宫东厢。Rivoli街有数万人参加马拉松路跑。沿途有老人孩子鼓掌加油，也有鼓乐喧阗。度过劫难，有过伤痛恐惧，巴黎人还是选择用昂扬的生命面对新的春天。

——四月四日

Palais Royal 一株辛夷花盛开，使我想起周昉『簪花仕女图』结尾一段的画面。簪花仕女虽列名周昉，却更像南唐的缛丽颓废，梦里不知身是客，花开花谢，南朝春天依然如此烂漫。

——四月八日

春天都在树梢上透露了讯息，一点一点青翠的新绿，仿佛布告生命复活苏醒的讯号，每个走过的行人都抬头看看，彼此微笑。

——四月六日

新出图证（鄂）字03号

图书在版编目（CIP）数据
池上日记 / 蒋勋著. -- 武汉：长江文艺出版社，2018.5
ISBN 978-7-5354-9800-7

Ⅰ. ①池… Ⅱ. ①蒋… Ⅲ. ①散文集 - 中国 - 当代
Ⅳ. ①I267

中国版本图书馆CIP数据核字（2017）第139718号

著作权合同登记号：17-2016-462
本著作物简体版经由北京阅享国际文化传媒有限公司代理，由有鹿文化事业有限公司授权中国大陆地区（不包括台湾、香港及其他海外地区）出版。

策　　划：刘　平　　　　责任编辑：马利敏　今　夕
装帧设计：Lemon　　　　责任校对：许　罡　武环静
责任印制：张　涛

出版：长江出版传媒 | 长江文艺出版社
地址：武汉市雄楚大街268号　　邮编：430070
发行：长江文艺出版社
　　　北京时代华语国际传媒股份有限公司　（电话：010-83670231）
http：//www.cjlap.com
印刷：北京盛通印刷股份有限公司

开本：710毫米×960毫米　1/16　　印张：16
版次：2018年5月第1版　　2018年5月第1次印刷
字数：150千字

定价：88.00元

池上印象 | CHISHANG IMPRESSION | 蒋勋

蒋勋·池上·台湾好

柯文昌　台湾好基金会董事长

我是在屏东潮州成长的“庄脚囝仔”。年轻时，我在美商公司做事，因为工作的需要，跑遍全世界。不管在哪个城市，晚上睡觉时，眼睛一闭，首先浮在眼前的经常是绿油油的水稻田，和一张张台湾庄脚人质朴、乐天、认命的脸孔。中年以后，我开始有了很难跟在都会成长的家人说明白的乡愁。

二〇〇八年，长年礼佛修行，经常提醒我要布施的母亲在高龄九十三岁时于午睡中往生。我想起母亲要我“利益众生”的期待，体认到时间的无情，对台湾的挂念和关心不能再空谈，第二年的春分我邀了蒋勋、殷允芃和徐璐等好友，成立“台湾好基金会”。我们一致认为要台湾好，要从乡镇做起。东部资源较少，我们决定从台东着手。我们创办铁花村，让原住民青年可以在故乡高歌。莫拉克台风后，“台湾好”全力投入嘉兰村的复建。后来我们也在苗栗倡导小学生种菜，吃有机午餐的“神农计划”；在我故乡潮州的小学推动“潮书院”。但，我们用力最深的是池上。

一百七十五公顷的美丽稻田，有机耕种的农友让人感动敬佩，我们希望透过艺文活动为这个稻香的村庄注入人文气息。七年来，“台湾好”邀请许多艺术家造访，与乡民互动。年年举办的“池上秋收艺术节”已经成为许多池上人家广邀亲友欢聚的节庆。二〇〇九年，陈冠宇在稻田中钢琴演奏的照片上了《时代》杂志网站。二〇一三年，我委托林怀民以池上为题材编作《稻禾》。云门带着这个舞作巡回欧美各国；《纽约时报》用半版篇幅刊登舞者在稻浪前起舞的画画，池上的朋友奔走相告，引以为傲。

三年前，我提出“池上艺术村”的构想，马上得到蒋勋热情的拥抱，并且自愿担任总顾问及首位驻村艺术家。我的好朋友复华投信董事长杜俊雄也毫无保留地支持，承诺以十年的独家赞助实现这个梦想。这些能量催生了“池上艺术村”。

我们在池上老街到处走看，蒋勋一眼就挑上了大埔村池上初中一间闲置的老宿舍。他说：“老房子跟我记忆中小时候住的宿舍很像。”池上艺术村的第一栋房子就这么定下来了。我们只做最小的整修，保留了老宿舍的感觉，也把旁边另一个房间辟为画室。蒋勋就在前年十月正式开始驻村生活。

长期驻村的蒋勋已经成为池上的文化风景。每次到池上找他，和他一起在村里逛，会不停听到“蒋老师好！”的问候。邻居们都很宠他，随时送来自种的水果和特别的蔬菜。蒋勋天天画画，天天写作。我不时会收到他传来的简讯或者照片，有些是他在池上的所见所闻与心情感受，有些是他随手拍下的天、地、山、云、绿苗、稻穗……全然地放松，让我羡慕。

我不断在联合副刊读到他的“池上日记”，因此认识了我没注意到的池上景观和池上的朋友。我也曾多次到他的画室，欣赏创作中和已完成的画作。驻村后，他的画有了不同的风格和气势，在画中都可以呼吸到池上鲜美的空气，感受到池上多彩的四时变化；我经常清晨去运动的大坡池，在他画中也活了起来。蒋勋告诉我，以前很少画大尺寸的画，可是在池上宽阔的天地里，忍不住画了好几幅大画。他说：“我们真正的老师其实就是大自然，不是技术的学习，而是心灵的学习。”

在大美的池上，蒋勋把心中的感动淋漓畅快地写出来，画出来；一本让人心旷神怡的《池上日记》，二十九幅令人凝神赞叹的画作。感谢蒋勋过去一年多为池上创作出如此丰美的作品。爱台湾是要用双脚一步一步去认识它，用文字一句一句去歌咏它，用画笔、色彩一笔一笔去描绘它，使得任何人只要一说起我们的家园，都会赞声：台湾好！

福

宁静致远的风景

阮庆岳　元智大学艺术与设计系教授

一九八九年在敦煌艺术中心发表首次个展，相隔七年后的一九九六年，蒋勋推出了第二次个展，并开始他尔后的二十年间，大约以两年为期的持续创作／发表周期。整体回顾观看，蒋勋的画作一直围绕着山水、花与人物／身体，这三个看似互不相干的主题间移走寻思，虽然书法、诗作与对于宗教的企望，也穿梭期间做牵引，但若归根要细究的话，依旧是落在山水、花与人物／身体，三者内隐意涵的分合辩证上。

这三个主题的创作手法与轴线，不管在技法、美学，与其中所透露的艺术观，确实有其各自分歧的源处，尤其是油画与水墨的并列同行，分别对映了东西绘画的两种主要艺术创作脉络，也显现蒋勋创作背景的多元共存特质。

若是以最近（二〇一三年）在“谷公馆”画廊展出的《春分》，以及今年（二〇一六年）在台东美术馆推出的大型个展《池上日记》系列画作，来做近期的观看与比较，依旧可以见到如上述在创作主体与技法脉流上，对于过往自我风格的承续，然而整体的浓郁厚实感加大，在笔法与意旨的轻／重、浓／淡之间，益发坚定也分明，显现出作品的坚实成熟，以及风格挥洒的自信自如。

在近期的这些作品里，值得注意的变奏转变，首先是《春分》里，最是耀目的四件联作《夏至》《白露》《春分》与《立秋》，有着异于往昔的独特态势。这四件大小接近、尺寸却各异的油画作品，脱离了先前以具象与画意为主的风格，展现蒋勋过往少见的抽象画风，尤其其中的《白露》与《春分》，显露在油画里揉合水墨皴法的意图，令人期待其后续可能。

也就是说，将山水画的皴法及墨色，做为处理量体与画面分割的美学手法，轻巧也不露痕迹地移转到油画中，确实是令人目光一亮的转折。这两件介于抽象与具象间的油画作品，不仅有着些许蒋勋形容他所喜欢的：范宽的挺拔大器、郭熙的婉转迷雾，与李唐的溪壑肌理，也同时化解了蒋勋过往显得分歧的绘画多元个性，将之转化成合一的崭新语言可能。

这样的试探与前行，在《池上日记》的系列里，得到更完整地呈现。这批以池上做为现实底蕴的画作，其中几幅令人瞩目的大尺度作品，立刻展现创作者的气度与企图。《野烧》与《云淡风轻》可作为其中的代表，画面里天地视野辽阔、事物肌理分明，对于其中扮演视觉中心的山脉，尤其有着特别引人的蓄意处理。

相对于《春分》里的抽象画风，《池上日记》系列里的山脉，相对有着回归写实的迹象。然而若是细看，同样浑活的量块与笔触，依旧是埋藏在整体轮廓的写实山体里，像是骚动而不安的生命力道，永远蠢蠢地欲动待发。这样劲道鲜活的笔触与量体风格，同样可以在其他更显静态收敛的作品中见到，譬如《姜花》与《荷花》里面的妖娆叶脉，或是地景与林木枝干的构图处理上，都有着相同的块体迹痕，应该已然是蒋勋的一个印记了。

其他作品则延续着蒋勋整体画风里，一贯具有的宁静祥和的恒久感。相对于天地显现的有情宽慰，山脉的处理则宛如人间多变，以及因此的必须浑厚沉重，更借此显得其他生者（人物、花木与猫）的轻盈缥渺，仿佛生命一如盛开的繁花，皆有着瞬间灿烂的宿命哀悼与感伤。

这样对人间依旧回眸的不舍心境，在《林木深处》的画作里，更是隐隐可见。那个仿佛正要独自入林的僧人，立在满布着分歧枝叶的林间，看似方向坚定却又步履不移，彷徨怔忡之间，尤其引人好奇。

蒋勋的创作一直持恒坚定，其间的变化隐晦幽微，探讨的主轴引人也重要，譬如水墨与油画的自在合一，生命与美的纠搅辩证，都能逐步见到路径清明显现。而贯穿其中的，是一种相当清澄素朴的心境。蒋勋说：“所以，走在那洪荒的风景中，可能与江山素面相见，彼此都没有心机成见。”

素面相见与宁静致远，应当是蒋勋创作的底蕴，也是归属他一人的独特风景与姿容吧！

林木深处

二〇一六年台东美术馆画展序　蒋勋

岛屿东部的风景常在心中浮起。

因为地壳板块挤压隆起陡峻的山脉，骚动不安，仿佛郁怒被激动起来的野兽，向天空啸叫着。一望无际的大海，波涛汹涌，击打着坚硬的岩岸礁石，大浪澎轰，这样狂野肆无忌惮，铺天盖地而来。

有时候觉得，风景其实是一种心事。

走遍天涯海角，我为什么总是记得岛屿东岸那样的海和那样的山。

年轻的时候常常一只背包，游走于东部海岸。在一个叫作静浦的地方住下来，只有一条街，一间小客栈（仿佛叫元成旅社）。夏日黄昏坐在门口、面颊脖子涂粉的妇人，穿着薄薄背心，汗湿的棉布贴着黝黑壮硕的胸脯乳房。她摇打着扇子，笑着说：“来坐。”

满天星辰，明亮硕大，我看到暗夜里长云的流转，千万种缠绵，千万种幻灭。

附近营房的充员兵赤膊短裤，露着像地壳挤压一样隆隆的肉体，跟妇人调情嬉闹。

在一个一个黎明，背起背包，告别一个又一个小镇，告别妇人和充员兵。他们有时依靠亲昵环抱着，像一

座山和一片回旋的海。

静浦，或者许多像静浦的小镇，都不是我流浪的起点或终点，我毕竟没有停留，这样走过岛屿东部的海岸和纵谷，学会在黎明时说：再见！

二〇〇九年至二〇一〇年担任东华大学中文系驻校艺术家，在花莲美仑校区住了一年。觉得好奢侈，可以半小时到七星潭看海，半小时进到太鲁阁看立雾溪谷的千回万转。

我时时刻刻在想要去东部了。

台湾好基金会在池上蹲点，我参加了几次春耕和秋收活动，看到那样肆无忌惮自由自在的云，更确定要到东部去住一段时间了。

特别要谢谢台湾好基金会柯文昌董事长，如果不是他有魄力承租下一些老宿舍，提供给艺术家到池上驻村，我到东部去的心愿还是会推迟吧。

也谢谢徐璐，开着车带我从台东找到池上，一家一家看可以居住的地方。最后他们带我到大埔村的旧教师宿舍，红色砖墙，黑瓦平房，有很大的院子，我忽然笑了："这不就是我童年的家吗？"我想到《金刚经》说的"还至本处"，原来找来找去，最终还是回到最初，回来做真正的自己。

因为是自己的"家"，没有任何陌生，二〇一四年十月一住进去就开始画画了。十月下旬是开始秋收的季节了，我走在田间，看熟透的稻谷，从金黄泛出琥珀的红光。在画室里裁了画布，大约两公尺乘一公尺半，在台北很少画这样大尺寸的画。在纵谷平原，每天看广大的无遮蔽的田野，回到画室也觉得要挑战更大的空间。

从秋收画到烧田，从烧田看到整片金黄的油菜花，我记忆着色彩里的缤纷绚烂，记忆着一片一片繁华瞬间转换的变灭，领悟着色相与空幻的关系——色相成空，空又再生出色相。岁月流转，星辰流转，画里的色彩一变再变，画里的形容一变再变，那一张秋收的画变成田野里的红赭焦黑，不多久又变成油菜花的金黄，然后，立春前后，绿色的秧苗在水田里翻飞，画面又转变了。

第一季稻作，我仿佛只坐在一张画布前，让季节的记忆一一叠压在画布上。

我好像只想画一张画，画里重叠着纵谷不同季节的景象，春夏秋冬，空白的画布一次一次改换，仿佛想留住时间和岁月。

一年时间，创作二十九件作品，想起有一天看到《林木深处》，绛红色衣袍的僧人愈走愈远，树林摇曳，林木高处的蝉嘶、鸟鸣，树影恍惚，树隙间的日光和月光，沙沙的风声雨声，人的喧哗，都被他远远留在身后了。

二〇一六年三月二十八春分后八日

野烧

◆ 油画，161 × 227公分

收割以后，土地上残留着刺刺的稻梗。不多久，田野里烧起大火，火势沿着稻梗蔓延。浓烟冲上天空，噼噼啪啪，四处是呛烈气味。火焰熄灭，烟随风散去，田野剩下焦黑墨痕，粗犷沉郁，是大地上令人震撼的书法。晚云绚烂，在天空洒成金红赭紫，大风吹过，色相、墨痕，都成过眼云烟，只是观想者的执着吗？

2016

旭日

◆ 油画，112 × 194公分

纵谷的旭日随季节变迁，春分以后明显提早。我常常等在田野里看旭日曙光的变化，从灰紫里透出赭红，山的棱线亮起青翠的绿，山脚溪谷却还在暗影中，明和暗一分一秒变幻，不敢眨眼，怕错过瞬息梦幻般的光。

云淡风轻

◆ 油画，161 × 227公分

风轻轻吹拂，行走过长长的田野，像孤独旅人的行程，把影子留在身后。山峦起伏绵延，白云跟溪谷告别，一朵一朵，缓缓向上升起、散开。我想告诉你，今天的大地和天空，岁月如此，生命如此，云淡风轻。

田野 ◆ 油画，103 × 83 公分

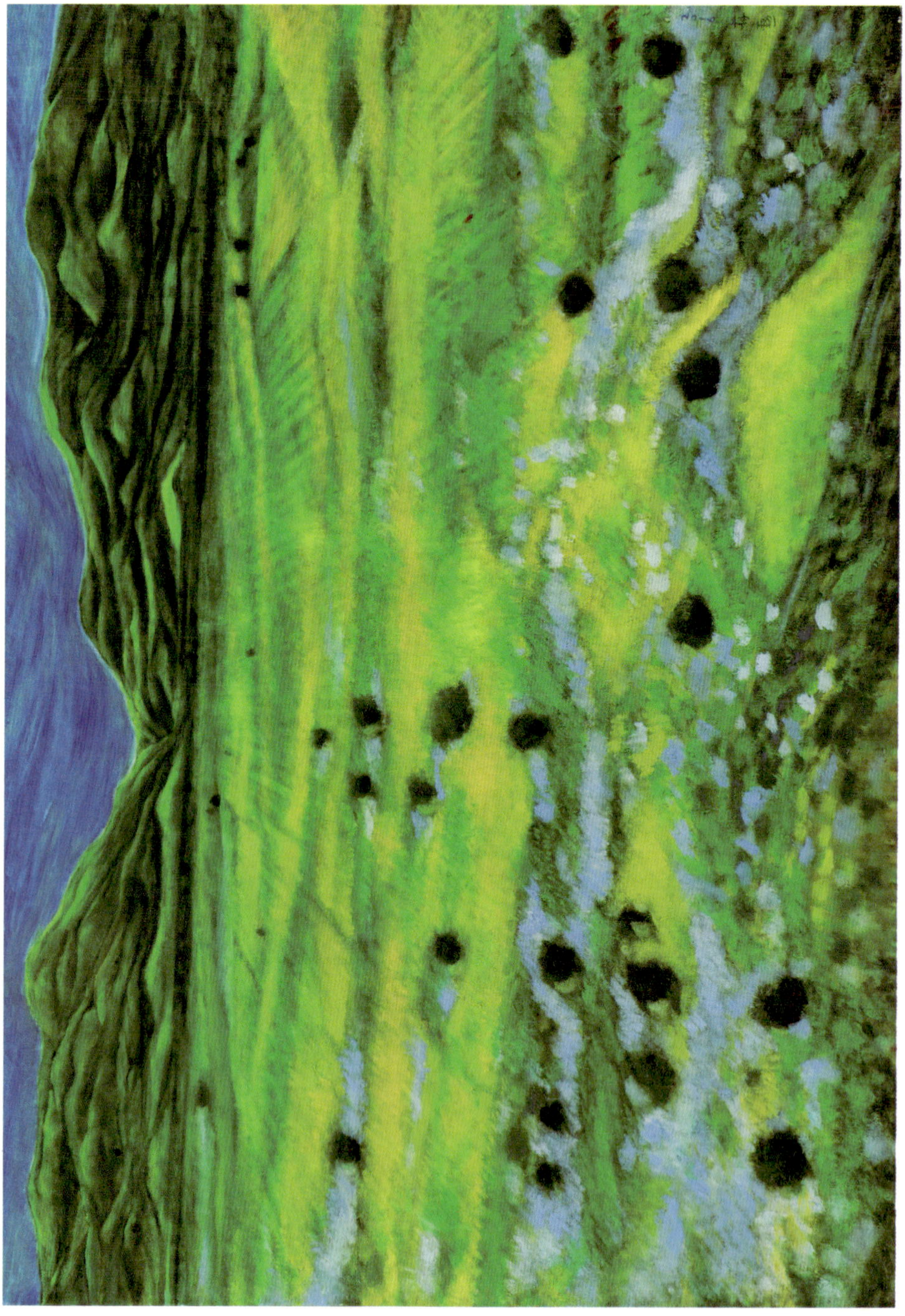

大地

◆ 油画，101 × 146公分

山峦在远处，大片的青绿里几株树丛。农民跟我说：农地不宜种树，如果种，多是茄苳。茄苳的根，不会破坏田土。我看到青绿色里粉紫粉蓝的光，疑惑那是在天空何处犹豫的云的影子。

油菜花

◈ 油画，116 × 80公分•三连作

收割以后，烧田、翻土、撒油麻菜籽，不多久，大约一月前后，大地上就开满油菜花，一片金黄，像阳光一样明亮，闪耀到天边。无边无际的金黄，像是新春的召唤。

雲瀑

◆ 油画，114 × 210公分

海岸山脉常常看到云瀑，大片的云，飞过太平洋，带着浓厚的水汽氤氲，遇到山脉，翻山越岭，像瀑布流泉，四处奔泻，如万壑急湍，这是纵谷独特的风景记忆。

2016

姜花 ◆ 油画，80 × 116.5 公分

2016

姜花 ◆ 油画，80 × 116 公分

风起

◆ 油画，114 × 210公分

视觉忽然开阔了，每天走在田野间，看到很远的山，很广阔的田，云被风吹起，一绺一绺向上升起，裁了一张很大的画布，想画出风起云涌的快乐。

海

◆ 油画，112 × 194 公分

纵谷不靠海，但从池上到玉里，走玉长公路，很快就到海边。从长滨到乌石港，看大浪涛天，岩礁陡峻，一波一波浪涛铺天盖地而来，我想画出礁石的峻嶒，也想画出大浪的澎湃。

茶花 ◆ 油画，79 × 111 公分

2018

水作精神

◆油画，116 × 80 公分

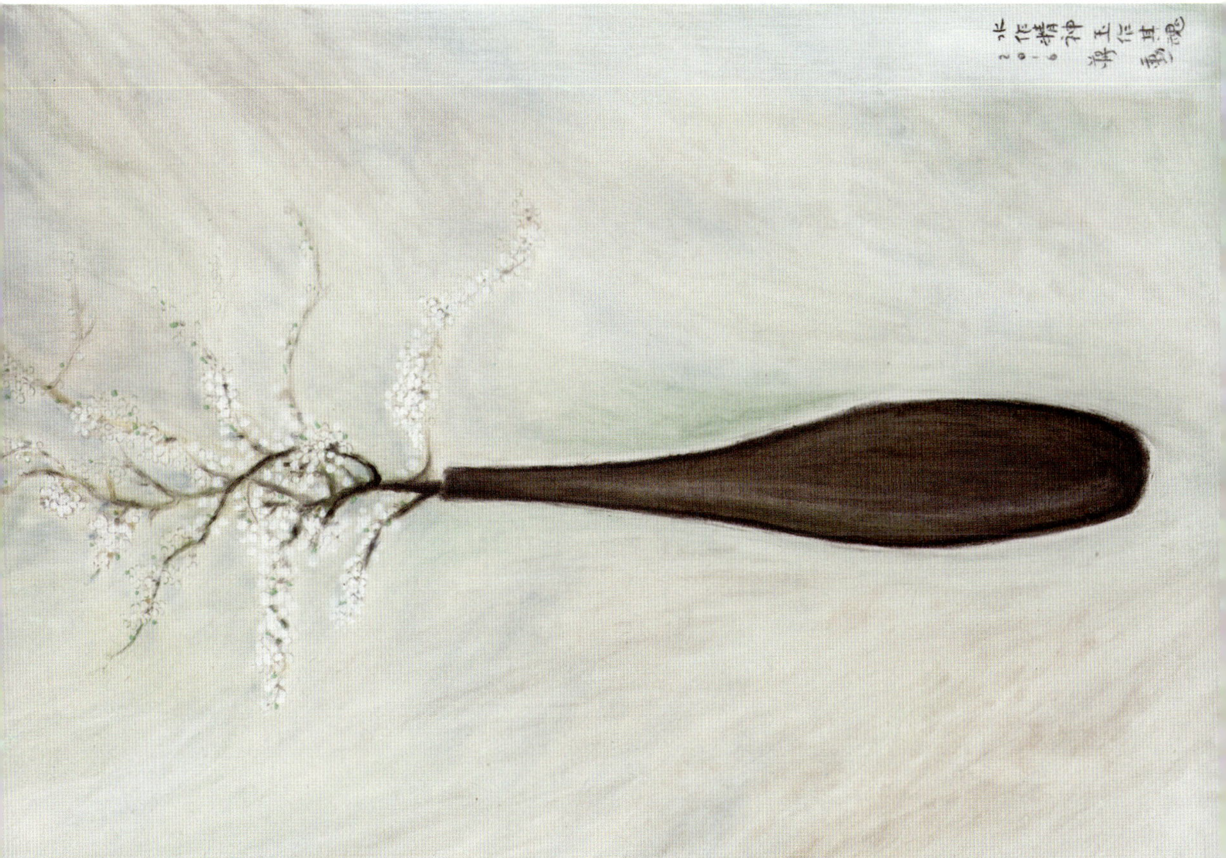
冰作精神
玉作其魂
2016
蔣勳

猫

◆ 油画，97 × 77.5 公分

池上书局的两只猫Momo和Miumiu，已是池上标志景点之一，许多人从世界各地来池上，竟然是来看它们。我常去书局，它们多半在睡觉，姿态娴雅。想象它们睡梦中惊醒，或许会是不一样的表情。

池上書局 Montojan
2016

Momo jan ◆ 油画，80 × 116 公分

旋转木马

油画，80 × 116 公分

芒花 ◆ 油画，64 × 111 公分

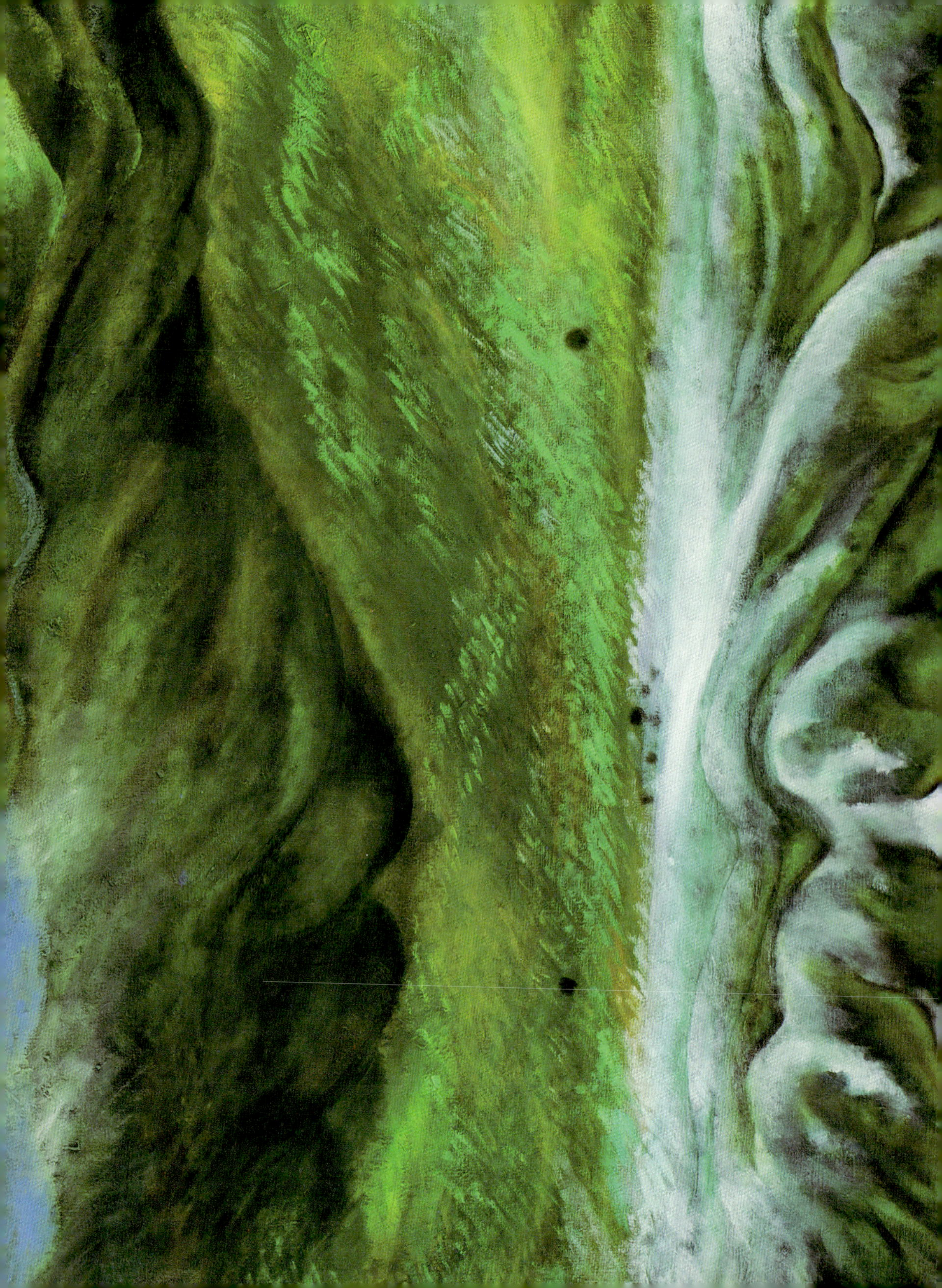

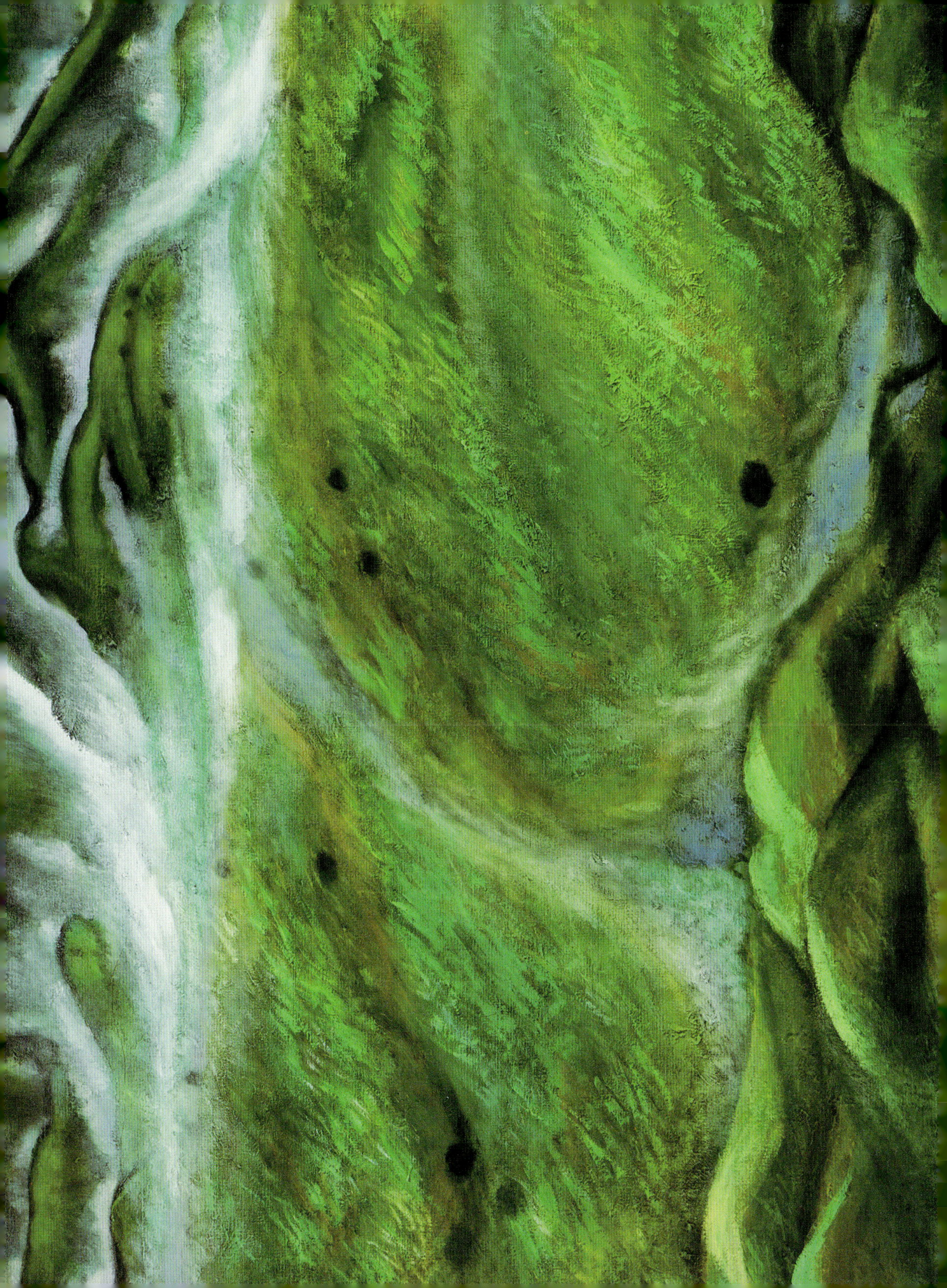

风起

◆ 油画，114 × 210公分

视觉忽然开阔了，每天走在田野间，看到很远的山，很广阔的田，云被风吹起，一绺一绺向上升起，裁了一张很大的画布，想画出风起云涌的快乐。

姜花 ◆ 油画，80 × 116 公分

兰花 ◆ 油画，95 × 62 公分

人像

◆ 油画，116 × 80 公分

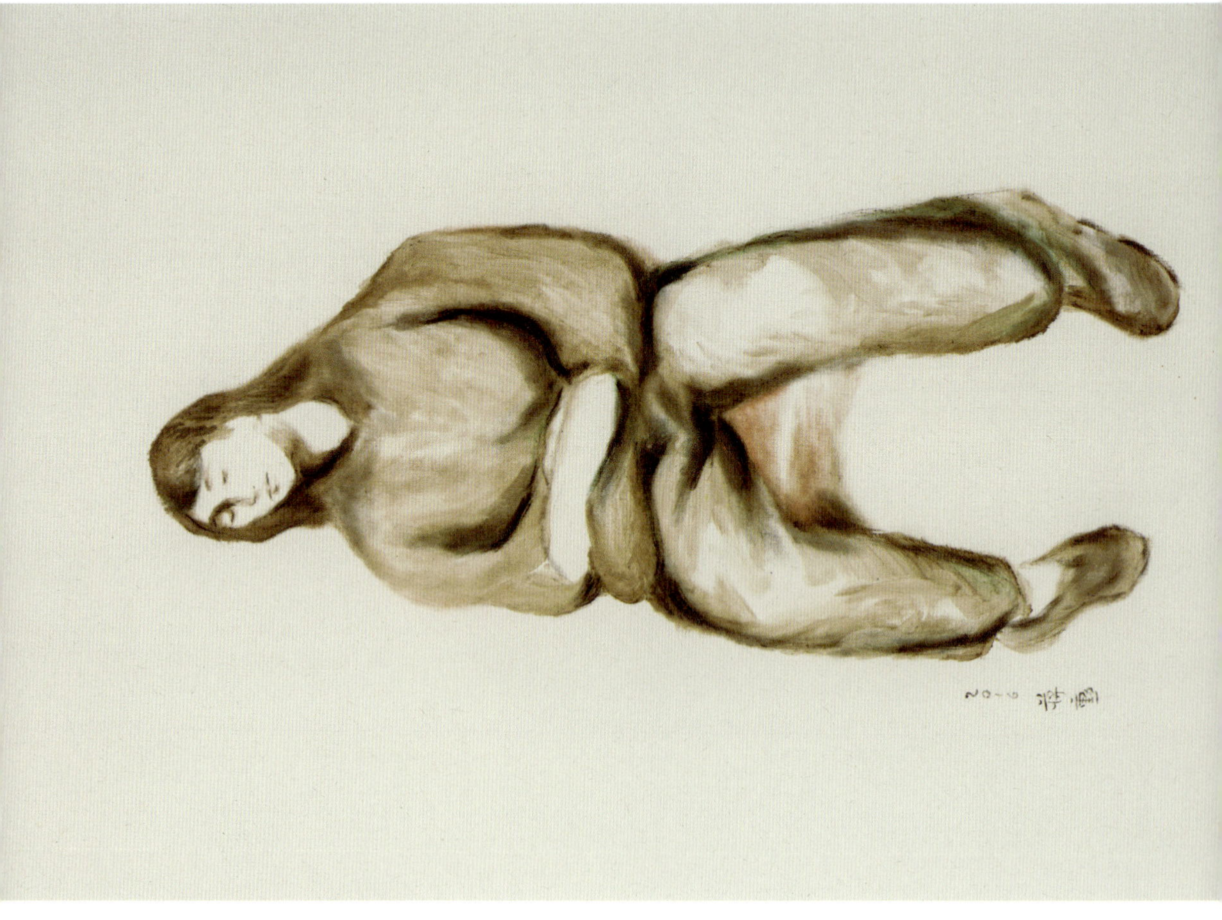

人像 ◆ 油画，116 × 80 公分

花的记忆 ◆ 油画，116 × 80 公分

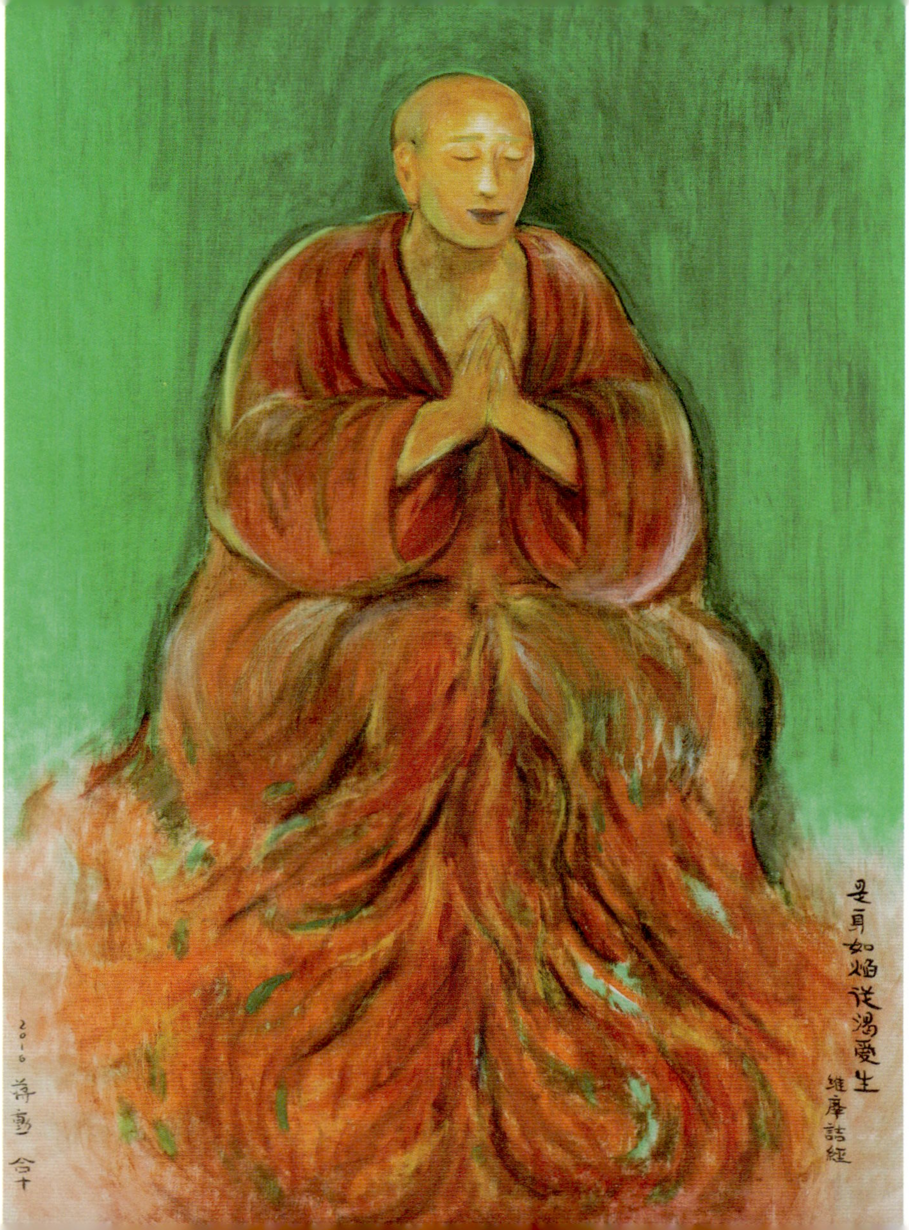
是身如焰從渴愛生
維摩詰經
2010 蒋勳 合十

是身如焰

油画，116 × 80 公分

是身如焰從渴愛生
維摩詰經

大坡池之晨

油画，60 × 117 公分

大坡池常去散步，有荷花，有布袋莲，入秋以后还有栾树的纷黄褐红，彩色缤纷。某一个初春清晨，大约五点，大雾迷濛，整个山水只是不同层次的灰，像纸上慢慢渲染开的水墨，色相还原到本质，如此澄净空明。

風景 ◆ 油画，80 × 116 公分

荷花

◆ 油画，80 × 116.5 公分

晨光

◆ 油画，110 × 140 公分

大坡池南端有一片树林，最早的曙光从东边海岸山脉照射下来，一线一线的明亮滉漾的晨光，使草木开始有了色彩，像刚苏醒的鸟雀，啁啾欢唱，色彩缤纷喧哗，视觉也热闹起来。

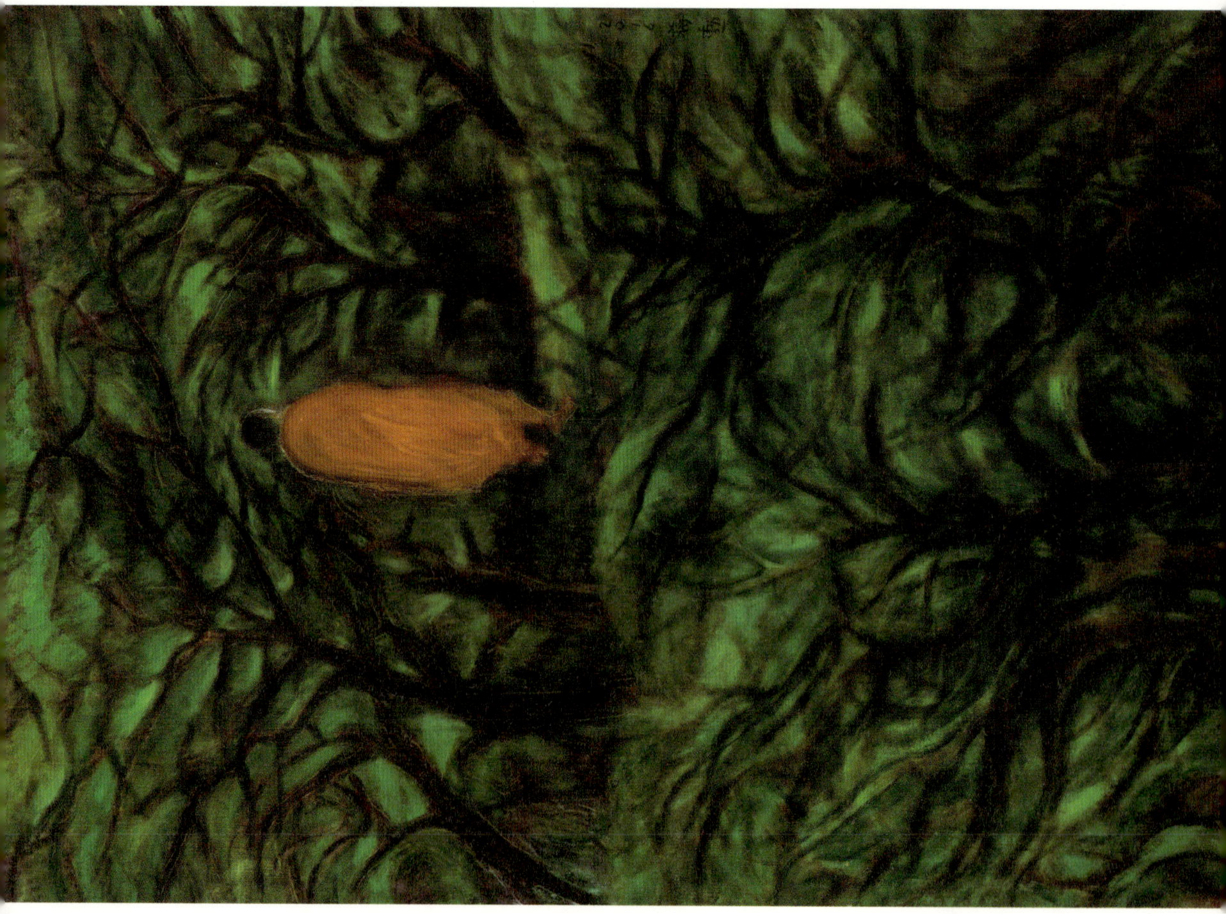

林木深处

◆ 油画，117 × 79.5 公分

在清迈无梦寺看到一僧人，披绛红色衣袍，一直走进林木深处。地上铺满落叶，飒飒秋风，他没有回头，仿佛把光影摇曳的繁华都留在身后了。想起多年前的诗句：

我已看尽繁华，
舍此身外，
别无他想。